阅微草堂笔记

[清]纪昀·著
邵士梅·编译

陕西新华出版 三秦出版社

图书在版编目（CIP）数据

阅微草堂笔记／（清）纪昀著；邵士梅编译：－－西安：三秦出版社，2008.04（2024.1重印）
（国学百部文库）
ISBN 978-7-80736-370-5

Ⅰ．①阅… Ⅱ．①纪… ②邵… Ⅲ．①笔记小说－作品集－中国－清代 Ⅳ．① I242.1

中国版本图书馆 CIP 数据核字（2008）第 027081 号

书　　名	阅微草堂笔记	
作　　者	［清］纪昀 著　邵士梅 编译	
责　　编	韩宏伟	
封面设计	新华智品	

出版发行	三秦出版社	
社　　址	西安市雁塔区曲江新区登高路1388号	
电　　话	（029）81205236	
邮政编码	710061	
印　　刷	北京一鑫印务有限责任公司	
开　　本	680×1020　1/16	
印　　张	9	
字　　数	145 千字	
版　　次	2008 年 4 月第 2 版	
印　　次	2024 年 1 月第 2 次印刷	
标准书号	ISBN 978-7-80736-370-5	

定　　价	39.80 元	
网　　址	http://www.sqcbs.cn	

前　言

　　《阅微草堂笔记》是清代著名学者纪昀晚年所作的笔记小说集，全书主要记述狐鬼神怪故事，都是篇幅短小的随笔杂记；但也不是像作者在《姑妄听之》的小序中所称的那样，仅仅是"追录旧闻，始以消遣岁月"的无聊之作。他写作的用心是以期"不乖于风教""有益于劝惩"。因此，全书着重在封建道德的说教和因果报应的宣传，恰好迎合统治阶级的需要。加之本书语言质朴淡雅、亦庄亦谐，所以每脱稿一卷，即被亲朋好友竞相传抄刻印，在上层社会广为流传，一时竟享有同曹雪芹的《红楼梦》、蒲松龄的《聊斋志异》并行海内的盛誉。

　　作者纪昀，字晓岚，号云石、春帆，自称观奕道人。生于雍正二年，卒于嘉庆十年，终年八十二岁。清直隶献县人。纪昀出生于家境殷实的富贵之家，父亲纪容舒，康熙举人，曾在京城户部、吏部做官，也曾任云南姚安知府。兄纪昭，乾隆进士，官至内阁中书。纪昀二十四岁应顺天乡试，考中举人，三十一岁进士及第。步入仕途后，曾任贵州都匀府知府，翰林院侍读学士。四十五岁时，因泄露盐务机密，谪戍乌鲁木齐。获释召还后，复入翰林院，因其学识渊博，被任命为《四库全书》总纂。在以后十多年的时间里，他把主要精力集中在《四库全书简明目录》和《四库全书总目提要》的编撰中。

　　《阅微草堂笔记》全书二十四卷，包括《滦阳消夏录》六卷，《如是我闻》四卷，《槐西杂志》四卷，《姑妄听之》四卷，《滦阳续录》六卷，自乾隆五十四年（1789）至嘉庆三年（1798）陆续写成。嘉庆五年（1800），由其门人盛时彦合刊印行。本书内容丰富，既涉及政治经济，又有民情风俗；既有神鬼怪异故事，又有家庭、亲友和本人的真实见闻；既有扶乩、测字，又有直接阐发议论的说教。此外语言质朴淡雅，风格亦庄亦谐，读来饶有趣味。内容上虽有宣传因果报应等糟粕的一面，但在不少篇章，尖锐地揭露了当时的社会矛盾，揭穿了道学家的虚伪面目，对人民的悲惨遭遇寄予同情，对人民的勤劳智慧予以赞美，对当时社会上习以为常的许多不情之论，大胆地发表了自己的看法和主张，在艺术上，文笔简约精粹，不冗不滞，叙事委曲周至，说理明畅透辟，有些故事称得上是意味隽永的小品；缺点是议论较多，有时也不尽恰当。此外，评诗文，谈考证，记掌故，叙风习，也有不少较为通达的见解和可供参考的材料，不失为一部有很高思想价值和学术价值的书籍。鲁迅先生对纪晓岚笔记小说的艺术风格，给予很高的评价，称其"纪昀本长文笔，多见秘书，又襟怀夷旷，故凡测鬼神之情状，发人间之幽微，托狐鬼以抒己见者，隽思妙语，时足解颐，间杂考辨，亦有灼见。叙述复雍容淡雅，天趣盎然，故后来无人能夺其席，固非仅藉位高望重以传者矣"（《中国小说史略》）。

《阅微草堂笔记》内容广泛多样，可以说是包罗万象的杂记；但其中也不乏具有封建迷信思想及伪科学的篇章，在选录这些篇章时，我们取其精华、去其糟粕，也希望广大读者予以谅解。

本书编排严谨，校点精当，并配以精美的插图，以达到图文并茂、生动形象的效果。此外本书版式新颖，设计考究，双色印刷，装帧精美，除供广大读者阅读欣赏以外，更具有极高的研究、收藏价值。

编　者

2008年8月

目　录

鬼嘲学究	/1	借金惩恶商	/33
狐　缘	/2	母救人子延寿	/35
梦入冥府	/3	众鬼制暴	/36
幻化狐女	/5	俗气逼狐	/37
唐生装鬼	/6	怕媳妇的狐仙	/38
二鬼核账	/7	鬼怕好心人	/39
鬼　惭	/8	鬼妻争大	/40
马　语	/9	鬼魂揭穿奸情	/41
幻　术	/10	因果报应	/42
隔世复仇	/11	鬼　讼	/43
百年女鬼	/13	狐　妾	/44
借身复仇	/14	胆怯见鬼	/46
怒骂城隍	/15	阴间受罚	/47
女鬼挡车	/16	风雅鬼	/48
骂狐遭戏	/17	知书达礼的鬼魂	/49
鬼藏药方	/19	悍　妇	/50
土地显灵	/20	白日见鬼	/51
躲婚免祸	/21	义　犬	/52
鬼使神差	/22	鬼戏林鬼	/53
雅　狐	/23	不惧巨面怪	/54
孟村某女	/24	隐　鬼	/55
狐狸求仙	/25	柴垛里的狐仙	/57
肥猪堕井救人	/27	装鬼被鬼吓	/58
强盗救美	/28	陈太夫人	/59
缢鬼讨替身	/29	知错就改	/60
暂入轮回	/30	埋骨得救	/61
智破雷击案	/32	欠债必还	/62

烈妇鸣冤	/63	陋容退鬼	/100
两鬼论女人	/64	真鬼吓死假鬼	/101
缢鬼与溺鬼	/66	滴血验子	/103
贼喊捉贼	/67	孝子至情	/104
鬼讲鬼故事	/68	旧情难舍	/105
家奴扮鬼盗玉璜	/69	鬼也诳人	/106
鬼怪作诗嘲狂生	/71	痴书生遇多情狐	/107
以情解冤	/72	走无常和能见鬼	/108
狐女斩情思	/73	阴谋害己	/109
鬼 趣	/74	女鬼托身劝书生	/111
无头鬼	/76	斗 鬼	/112
贞 妇	/77	鬼卖茶	/113
恶报如影随形	/78	青楼奇女子	/114
打抱不平的狐仙	/79	狐女识伪	/115
姜三莽捉鬼	/81	替子还债	/116
杀人偿命欠债还钱	/82	狐 妻	/117
鬼 狐	/83	侍姬沈氏	/119
破镜重圆	/84	鬼 友	/120
隔世讨债	/86	狐女报仇	/122
鬼魅留字露隐私	/87	侍郎夫人	/123
一善之报	/88	鬼吵架	/124
两世夫妻	/89	宋 遇	/125
人在黄泉也有情	/90	鬼避节妇	/127
保守秘密的狐妖	/91	狐惩学生	/128
老儒骂狐	/93	损人利己	/129
亡兄报警	/94	前生朋友来世夫妻	/130
狐 戏	/95	聪明人做糊涂事	/131
平心静气退狐妖	/96	狐女当妻	/133
至死不渝的爱情	/98	鬼畏正气	/134
害人反害己	/99	青梅竹马难成双	/135

鬼嘲学究

【原文】

爱堂先生言，闻有老学究夜行，忽遇其亡友。学究素刚直，亦不怖畏，问君何往。曰：吾为冥吏，至南村有所勾摄。适同路耳。因并行，至一破屋。鬼曰：此文士庐也。问何以知之。曰：凡人白昼营营，性灵汩没。惟睡时一念不生，元神朗澈，胸中所读之书，字字皆吐光芒，自百窍而出。其状缥缈缤纷，烂如锦绣。学如郑孔，文如屈、宋、班、马者，上烛霄汉，与星月争辉。次者数丈，次者数尺，以渐而差，极下者亦荧荧如一灯，照映户牖。人不能见，惟鬼神见之耳。此室上光芒高七八尺，以是而知。学究问：我读书一生，睡中光芒当几许？鬼嗫嚅良久曰：昨过君塾，君方昼寝。见君胸中高头讲章一部，墨卷五六百篇，经文七八十篇，策略三四十篇，字字化为黑烟，笼罩屋上。诸生诵读之声，如在浓云密雾中，实未见光芒，不敢妄语。学究怒叱之，鬼大笑而去。

【译文】

爱堂先生说：听说有位老学究晚上走路，忽然遇到已经去世的朋友。学究的性格一向刚强直爽，也不害怕，便问："你到哪里去？"鬼友回答说："我做了阴曹地府的小官，现在到南村去捉拿某人的灵魂，恰好和你同路。"于是，二人并肩前行。

走到一所破房子时，鬼友说："这是一位读书人的住室。"学究问他怎么知道。鬼友说："人们白天忙忙碌碌，灵性全被淹没。唯独晚上入睡以后，一切杂念统统熄灭，元神才明亮透彻地显露。胸中读过的书，字字都吐出光芒，从

全身孔窍向外迸射,那形状缥缈缤纷,就像锦绣一样灿烂多彩。学问如郑玄、孔颖达,文才如屈原、宋玉、班固、司马相如的,身上放出的光芒一直照射到太空银河,与星月争辉。其次的光芒数丈,再次光芒数尺,才学越差,光芒越弱,最下等的也有荧荧灯火般的光亮,能够照映门窗。这光芒,世间人是看不到的,唯有鬼神才能看到。这所破房上的光芒有七八尺高,所以我知道里面睡着一位读书人。"

学究问:"我读了一辈子的书,不知睡着的时候,发出的光芒该有多高?"鬼友吞吞吐吐,欲言又止,迟疑了好久才说:"昨天我路过你教书的学舍,你正白天伏在桌上睡觉。看到你胸中有解释经义的文章一部,试卷五六百篇,经文七八十篇,应试的策略论文三四十篇,字字化作黑烟,笼罩在学舍上面。学生们读书的声音,就像淹没在浓云密雾中。实在不曾看到一点光芒,不敢胡说。"学究恼怒,叱责鬼友。鬼友大笑着走了。

狐　　缘

【原文】

献县周氏仆周虎,为狐所媚,二十余年如伉俪。尝语仆曰:吾炼形已四百余年,过去生中,于汝有业缘当补。一日不满,即一日不得生天。缘尽,吾当去耳。一日,鞡然自喜,又泫然自悲。语虎曰:月之十九日,吾缘尽当别。已为君相一妇,可聘定之。因出白金付虎,俾备礼。自是狎昵燕婉,逾于平日,恒形影不离。至十五日,忽晨起告别。虎怪其先期,狐泣曰:业缘一日不可减,亦一日不可增。惟迟早则随所遇耳。吾留此三日缘,为再一相会地也。越数年,果再至。欢洽三日而后去。临行呜咽曰:从此终天诀矣。陈德音先生曰:此狐善留其有余,惜福者当如是。刘季箴则曰:三日后终须一别,何必暂留。此狐炼形四百年,尚未到悬崖撒手地位。临事者不当如是。余谓二公之言,各明一义,各有当也。

【译文】

　　献县周氏的仆人周虎，被狐仙迷惑，二人像夫妻一样生活了二十多年。狐仙曾对周虎说："我修炼已经四百多年，在以往的生涯中，同你有注定的缘分应当弥补，差一天补不满，就不能升天。缘分已尽，我就该告辞了。"

　　一天，狐仙喜笑颜开，随后又自己悲伤起来，对周虎说："本月十九日我们缘分已尽，就该分别了。我已经为你选好一个妻子，可以下聘礼将婚事订下来。"说完拿出银子交给周虎，让他准备聘礼。从此后二人亲昵缠绵，形影不离。到十五日这天清晨，狐仙忽然起身告别。周虎对她提前告别感到奇怪。狐仙哭着说："缘分不可减少一天，也不能增加一天，至于推迟或提前可以根据实际情况决定。我留下三日缘分，是为了再有一个相会的余地。"过了几年，狐仙果然再次返回，与周虎欢度三日后才走。临行之前狐仙很伤心，呜咽着说："从此终生永别，再也不能相见了。"

　　陈德音先生说："这一狐仙善于留有余地，爱惜幸福的人就应该这样。"刘季箴则说："三日后终须一别，何必有必要再留这短暂的时间吗？这个狐仙尽管修炼了四百年，还没有修炼到悬崖撒手、彻底摆脱尘世的境界，碰到事情不应当如此。"我认为他们的评论中各明一义，各有道理。

梦入冥府

【原文】

　　北村郑苏仙，一日梦至冥府，见阎罗王方录囚。有邻村一媪至殿前，王改容拱手，赐以杯茗，命冥吏速送生善处。郑私叩冥吏曰：此农家老妇，有何功德？冥吏曰：是媪一生无利己损人心。夫利己之心，虽贤士大夫或不免。然利己者必损人，种种机械，因是而生，种种冤愆，因是而造。甚至贻臭万年，流毒四海，皆此一念为害也。此一村妇而能自制其私心，读书讲学之儒对之多愧色矣。何怪王之加礼乎？郑素有心计，闻之惕然而寤。郑又言此媪未至以前，有一官公服昂然入。自称所至但饮一杯水，今无愧鬼神。王哂曰：设官以治民，下至驿丞闸官，皆有利弊之当理。但不要钱即为好官，植木偶于堂，并水不饮，不更胜公乎？官又辩曰：某虽无功，亦无罪。王曰：公一生处处求自全，某狱某狱避嫌疑而不言，非负民乎？某事某事畏烦重而不举，非负国乎？三载考绩之谓何，无功即有罪矣。官大踧踖，锋棱顿减。王徐顾笑曰：怪公盛气耳。平心而论，要是三四等好官，来生尚不失冠带。促命即送转轮王。观此二事，知人心微暧，鬼神皆得而窥。虽贤者一念之私，亦不免于责备。相在尔室，其信然乎。

【译文】

北村的郑苏仙，一天在梦中到了冥府，看见阎罗王正在审讯被囚的鬼魂。有一位邻村老妇人来到殿前。阎罗王见了，立即改换一副笑脸，拱手相迎，又赐给一杯茶。随后命令下属官吏快送她到人间一个好地方去投生。郑苏仙偷偷问身旁的冥吏："这老妇人有什么功德？"冥吏说："这老妇人一生从不损人利己。利己之心，即使是贤士大夫，也难以避免。然而，追求利己的人必定要损害别人，种种诡诈奸巧行为便从这里萌生，种种冤屈事件也因此造成，甚至遗臭万年，流毒四海，都是由于这利己私念害的。这位农村妇女能够自己控制私心，读书讲学的儒生们站在她的面前，很多人会面有愧色。冥王对她格外尊重，这有什么好奇怪的呀！"郑苏仙一向是个很有心计的人，听了这番话心中一惊，立即醒了。

郑苏仙又说：在农妇到阎罗殿以前，有一官员身穿官服，昂首挺胸地走出殿来，声称自己生前无论到哪里，都是只喝一杯水，现在来冥府报到，无愧于鬼神。阎罗王微微一笑，说："设立官职是为了治理百姓，下至管理驿站、河闸的小官，都有兴利除弊的事情应该去办理。只是不贪图钱物就算好官，那么在公堂上设立一个木头人，连一杯水都不喝，岂不是更强于您？"这位官员辩解说："我虽然没有功劳，但也没有罪过。"阎罗王说："你一生处处谋求保全自身，某件狱案，你为了避免嫌疑，应当发言却闭口不讲，这不是有负于民吗？某件事情，你怕麻烦和责任重大，应该去办却没有去办，这不是对不起国家吗？三年一次的政绩考核，是为了什么？没有功绩，就是有罪过！"官员听后，顿时傲气消减，局促不安。阎罗王慢慢地打量着他，笑着说："我不过是怪你盛气凌人罢了。平心而论，你还算个三四等的好官，转生之后还丢不了乌纱帽。"接着催促冥吏送他去转生。

根据这两件事情，可知鬼神对于人心深处的细微隐私都能窥破，就是贤人的一点儿私心杂念，也不免受到责备。"相在尔室"这句话，是可信无疑的。

幻化狐女

【原文】

宁波吴生，好作北里游。后昵一狐女，时相幽会。然仍出入青楼间。一日狐女请曰：吾能幻化，凡君所眷，吾一见即可肖其貌。君一存想，应念而至，不逾于黄金买笑乎？试之，果顷刻换形，与真无二。遂不复外出。尝语狐女曰：眠花藉柳，实惬人心，惜是幻化，意中终隔一膜耳。狐女曰：不然。声色之娱，本电光石火。岂特吾肖某某为幻化，即彼某某亦幻化也。岂特某某为幻化，即妾亦幻化也，即千百年来名姬艳女皆幻化也。白杨绿草，黄土青山，何一非古来歌舞之场。握雨携云，与埋香葬玉，《别鹤》《离鸾》，一曲伸臂顷耳。中间两美相合，或以时刻计，或以日计，或以月计，或以年计，终有诀别之期。及其诀别，则数十年而散，与片刻暂遇而散者，同一悬崖撒手，转瞬成空。倚翠偎红，不皆恍如春梦乎？即夙契原深，终身聚首，而朱颜不驻，白发已侵。一人之身，非复旧态。则当时黛眉粉颊，亦谓之幻化可矣。何独以妾肖某某为幻化也。吴洒然有悟。后数岁，狐女辞去，吴竟绝迹于狎游。

【译文】

宁波的吴生，寻花问柳，风流成性。后来他爱上了一狐女，时常与狐女幽会，不过仍然出入于烟花柳巷，贪恋青楼女子。一天，狐女请求他说："我有'幻化'的本领，凡是郎君所爱的美女，我见她一面就能变成她的身貌。而且，只要郎君心中想念，想要哪一位，哪一位就会应念而至，根本不用郎君开口告诉我。这不比郎君到青楼用黄金买笑好得多吗？"吴生答应试一试，果然是顷刻变换了形貌，与真的毫无区别。从此，吴生也就不再前往青楼寻欢。一次，吴生对狐女说："眠花宿柳，美人随意变换着前来侍奉，真是太令人惬意了。可惜是幻化出来的，思想意识中始终存在着一层隔膜。"

狐女说："郎君错了。声色娱乐，本来就如雷电发出的光，岩石迸出的火。哪里只是我按照某美女的身貌进行幻化，就是我本身也是幻化的。进一步说，千百年来的名姬艳女，都是幻化。人世间的白杨绿草，黄土青山，哪一处不是自古以来的歌舞场。一会儿男女缠绵，行云布雨；一会儿埋香葬玉，别鹤离鸾。都不过是在曲伸一下胳臂的顷刻之间所发生的事情而已。这短暂美好的结合，有的用时刻计算，有的用天数计算，有的用月数计算，有的用年数计算，不管用什么计算，终有诀别的时候。到诀别之时，相聚几十年分手的也罢，暂遇片刻分手的也罢，同样都是悬崖撒手，转眼成空了。在青楼之中，搂着翠的，偎着红的，不都是恍如春梦吗？即使是凤缘很深，海誓山盟，白头偕老的伴侣，也做不到红颜不改。随着日月推移，满脸皱纹，一头白发，同一个人的身貌也就不是以往的情况了。那么以往如花似玉的脸蛋儿，也可以称为幻化。由此看来，哪里只是我在仿效某个其他美女进行幻化！"吴生一听，恍然大悟。几年以后，狐女辞别。吴生竟不再涉足妓院，不再风流游荡。

唐 生 装 鬼

【原文】

河间唐生，好戏侮，士人至今能道之。所谓唐啸子者是也。有塾师好讲无鬼，尝曰：阮瞻遇鬼，安有是事？僧徒妄造蜚语耳！唐夜洒土其窗，而呜呜击其户。塾师骇问为谁。则曰：我二气之良能也。塾师大怖，蒙首股栗，使二弟子守达旦。次日委顿不起。朋友来问，但呻吟曰有鬼。既而知唐所为，莫不拊掌。然自是魅大作，抛掷瓦石，摇撼户牖无虚夕。初尚以为唐再来，细察之乃真魅。不胜其嬲，竟弃馆而去。盖震惧之后，益以惭恚，其气已馁，狐乘其馁而中之也，妖由人兴，此之谓乎。

【译文】

　　河间唐生，喜欢捉弄人。至今当地人还能讲出他的许多故事，人们所说的"唐啸子"指的就是唐生。有一位私塾老师好讲论世上无鬼，曾经说："阮瞻遇见鬼，哪有这等事情，不过是和尚们胡编乱造的谎言罢了。"唐生听见这话，夜间摸进私塾，朝塾师窗上洒土，又"呜呜"学鬼叫，敲击塾师的门，塾师惊问他是谁，唐生鬼腔怪调地回答："我是'二气'生出来的'良能'。"塾师一听惊恐万分，一头钻入被子，浑身哆嗦。又让两个学生守在身边，一直守到天明。

　　第二天，塾师因受惊吓，浑身无力，卧床不起。朋友前来探问，他只是呻吟着说："有鬼。"不久，人们知道了夜间学塾闹鬼的事是唐生干的，都拍掌大笑。但是，从此以后私塾鬼魅大作，抛瓦掷石，摇门敲窗，夜夜不止。起初，塾师还以为又是假鬼唐生来捣乱，后来仔细观察，才知道不是唐生，而是真正的鬼。塾师不堪鬼怪骚扰，终于扔下私塾搬走了。大概塾师遭受惊恐之后，又加上惭愧，已经气虚，狐妖乘虚而入。所谓"妖由人兴"，就是这个道理。

二 鬼 核 账

【原文】

　　献县吏王某工刀笔，善巧取人财。然每有所积，必有一意外事耗去。有城隍庙道童，夜行廊庑间，闻二吏持簿对算。其一曰：渠今岁所蓄较多，当何法以销之？方沉思间，其一曰：一翠云足矣，无烦迂折也。是庙往往遇鬼，道童习见亦不怖。但不知翠云为谁，亦不知为谁销算。俄有小妓翠云至，王某大嬖之，耗所蓄八九。又染恶疮，医药备至，比愈则已荡然矣。人计其平生所取，可屈指数者，约三四万金。后发狂疾暴卒，竟无棺以殓。

【译文】

　　献县县衙有一个小吏王某，精通刑律常替人写诉讼状，善于巧取当事人的钱财。然而，每当他有点积蓄时，必定发生一件意外事故将钱财耗去。县城隍庙有个道童。一天深夜，道童在庙内行走，见两个鬼吏正在手持账簿核算账目。其中一个说："他今年积蓄比较多，该用什么办法勾销呢？"说完低头沉思。另一个说："一个翠云就够了，用不着多费周折。"人们在城隍庙中常常遇见鬼，道童也早已司空见惯，因此见二鬼核账也不害怕，只是不知要为什么人勾销积蓄。

不久，有一位名叫翠云的小妓来到县城，很快就博得了县吏王某的欢心。王某在小翠身上耗费了八九成积蓄，又染上了恶疮，破费了许多医药钱，等到病疮痊愈，所有积蓄已经荡然无存。有人对王某平生巧取的钱财作估计，仅屈指可数的巨额款项，就大约有三四万金。可是，后来王某发疯暴病而死，连买棺材的钱都没有。

鬼惭

【原文】

司农曹竹虚言，其族兄自歙往扬州，途经友人家。时盛夏，延坐书屋，甚轩爽。暮欲下榻其中，友人曰：是有魅，夜不可居。曹强居之，夜半有物自门隙蠕蠕入，薄如夹纸。入室后，渐开展作人形，乃女子也。曹殊不畏，忽披发吐舌，作缢鬼状。曹笑曰：犹是发，但稍乱。犹是舌，但稍长。亦何足畏！忽自摘其首置案上。曹又笑曰："有首尚不足畏，况无首耶！鬼技穷，倏然灭。及归途再宿，夜半门隙又蠕动。甫露其首，辄唾曰：又此败兴物耶？竟不入。此与嵇中散事相类。夫虎不食醉人，不知畏也。大抵畏则心乱，心乱则神涣，神涣则鬼得乘之。不畏则心定，心定则神全，神全则沴戾之气不能干。故记中散是事者，称神志湛然，鬼惭而去。

【译文】

司农曹竹虚说：他的族兄从歙县到扬州去，途经朋友家住宿。时值盛夏，酷暑难耐，朋友把他请到书房坐；书房宽敞凉爽。他要在书房下榻过夜，朋友说："这间书房有鬼魅，晚上不能住人。"可这位曹兄坚持要睡书房。半夜时，有怪物从门隙中向内爬，薄得像夹纸一样。入室以后，怪物逐渐展开，原来是一个漂亮的女子。曹兄注视着她,一点也不害怕。女子忽然披头散发,吐出很长的舌头,成了一副吊死鬼的面貌。曹兄笑着说:"头发仍然是头发,只是稍微乱了点;舌头仍然是舌头,只是稍微长了点。没什么可怕!"女子忽然把自己的头颅摘下来放到了书案上。曹兄又笑着说:"有头尚且还不害怕,何况是无头呢?"鬼魅伎俩用尽,悄然离去。曹兄由扬州返回时又住进了这间书房。半夜时,门隙又有怪物爬动。怪物刚一现身,曹兄就唾骂说:"又是你这个扫兴的东西!"鬼魅一听,竟没敢入室。这与《嵇中散集》所载的事相类似,虎不吃醉人,因为醉人不知道害怕。通常人一害怕就会心惊肉跳,惊慌失措,神一散鬼魅就可能乘机而入。不害怕就会镇定自若、全神贯注,心神专一邪气就无从入侵。因此《嵇中散集》对这类事情,称为"神志湛然,鬼惭而去"。

马　语

【原文】

交河老儒及润础,雍正乙卯乡试,晚至石门桥,客舍皆满。惟一小屋,窗临马枥,无肯居者。姑解装焉。群马跳踉,夜不得寐。人静后忽闻马语。及爱观杂书,先记宋人说部中有堰下牛语事,知非鬼魅,屏息听之。一马曰:今日方知忍饥之苦,生前所欺隐草豆钱,竟在何处。一马曰:我辈多由圉人转生,死者方知,生者不悟,可为太息。众马皆呜咽。一马曰:冥判亦不甚公,王五何以得为犬?"一马曰:冥卒曾言之,渠一妻二女并淫滥,尽盗其钱与所欢,当罪之半矣。一马曰:信然,罪有轻重。姜七堕豕,身受屠割,更我辈不若也。及忽轻嗽,语遂寂。乃恒举以戒圉人。

【译文】

交河老儒及润础,雍正乙卯年参加乡试,傍晚到了石门桥。当时,所有旅馆只有一间小屋,因窗临马槽,没人愿住。及润础也只好将就着住了进去。夜间,群马踢跳,闹得人难于入睡。人静以后,忽然听到马的说话声。及润础平常爱看杂书,记得宋人说有堰下牛语的事,知道不是鬼魅,就屏息倾听。一马

说："现在才感受到忍饥挨饿的痛苦，前生贪污骗取的草料钱，如今在哪里呢？"另一马说："我们马辈多是由喂马的人转生的，死后才明白，生前丝毫不知，太可悲了。"众马一听，都伤心地呜咽起来。一马说："冥间的判罚也太不公平了，为什么王五就能转生为狗？"一马回答说："冥间鬼卒曾经说过，他的一妻二女都很淫荡，把他的钱全部偷去给了意中人，这可以抵他的一半罪。"一马插言说："这是对的，罪有轻重。姜七转生了个猪身，要受宰割，比起我们马来岂不更苦。"及润础忽然轻声咳嗽了一下，马语立即停止，寂静无声。此事以后，及润础经常拿这件事来告诫喂马的人。

幻　术

【原文】

　　有僧游交河苏吏部次公家，善幻术，出奇不穷，云与吕道士同师。尝抟泥为豕，咒之渐蠕动。再咒之，忽作声。再咒之，跃而起矣。因付庖屠以供客，味不甚美。食讫，客皆作呕逆，所吐皆泥也。有一士因雨留同宿，密叩僧曰：《太平广记》载术士咒片瓦授人，划壁立开，可潜至人闺阁中。师术能及此否？曰：此不难。拾片瓦咒良久，曰：持此可往，但勿语。语则术败矣。士试之，壁果开，至一处，见所慕，方卸妆就寝。守僧戒不敢语，径掩扉登榻狎昵。妇亦欢洽，倦而酣睡。忽开目则眠妻榻上也。方互相疑诘，僧登门数之曰：吕道士一念之差，已受雷诛，君更累我耶？小术戏君，幸不伤盛德，后更无萌此念。既而太息曰：此一念，司命已录之。虽无大谴。恐于禄籍有妨耳。士果蹭蹬。晚得一训导，竟终于寒毡。

【译文】

　　有位和尚外出云游，来到交河苏吏部次公家。和尚擅长幻术，接连不断地变出奇物，自称与吕道士同出一师。他曾用泥捏成猪的模样，念几声咒语，猪就蠕动了。再念咒语，猪就会叫了。三念咒语，猪竟跃起而走，与真猪毫无区别。于是把猪交庖屠宰杀，招待客人。猪肉味不太美，吃罢以后，客人纷纷呕吐，所吐之物都是稀泥。

有个士人因下雨留宿没走，与和尚同住一室，偷偷问和尚说："《太平广记》中记着术士将瓦片念上咒语送给人，瓦片锋利无比，一划墙壁就开，可以潜入人的闺阁中。大师的法术是否也能达到这种地步？"和尚说："这容易。"捡起一片瓦念了一段咒，然后交给士人，说："拿着这片瓦，你就可以划壁入室了。千万记住不要说话，一说话法术就失灵。"士人试用瓦片划壁，果然一划就开。他兴冲冲地来到一处居室，用瓦片轻轻划开墙壁向内窥视，见一美妇正在卸妆就寝。士人牢记和尚告诫，不敢说话急忙关上门，上床与美妇亲热起来。妇人也很欢快地主动配合，倒凤颠鸾。事后二人都很疲倦，接着就酣睡了。士人忽然睁开眼睛，见自己睡在妻子的床上。妻子也醒了。夫妻对视，疑惑不解，互相责问起来。

这时，和尚登门斥责说："吕道士一念之差，已遭雷击。你还要牵累我！小法术戏弄你一下，幸好未伤大雅，以后再也不要萌生邪念了。"随后又长叹一声说："就是这一念，司命之神也已经给你记入档案，虽然没有大的惩罚，可对你的官运恐怕是有所妨碍的。"这位士人的仕途果然遭遇挫折，晚年才做了一任训导，至死仍过着寒士的困苦生活。

隔世复仇

【原文】

康熙中，献县胡维华，以烧香聚众谋不轨。所居由大城、文安一路行，去京师三百余里；由青县、静海一路行，去天津二百余里。维华谋分兵为二，其一出不意，并程抵京师；其一据天津，掠海舟。利则天津之兵亦北趋；不利则遁往天津，登舟泛海去。方部署伪官，事已泄，官军擒捕，围而火攻之，韶龀不遗。初维华之父雄于资，喜周穷乏，亦未为大恶。邻村老儒张月坪，有女艳丽，殆称国色，见而心醉。然月坪端方迂执，无与人为妾理，乃延之教读。月坪父母柩在辽东，不得返，恒戚戚。偶言及，即捐金使扶归，且赠以葬地。月坪田内有横尸，其仇也。官以谋杀勘，又为百计申辩，得释。一日，月坪妻携女归宁，三子并幼，月坪归家守门户，约数日返。乃阴使其党，夜键户而焚其庐，父子四人并烬。阳为惊悼，代营丧葬，且时周其妻女。竟依以为命。或有欲聘女者，妻必与谋，辄阴沮使不就。久之渐露求女为妾意，妻感其惠，欲许之。女初不愿，夜梦其父曰：汝不往，吾终不畅吾志也。女乃受命。岁余生维华，女旋病卒。维华竟覆其宗。

【译文】

　　康熙年间，献县人胡维华以烧香为名聚众叛乱。他部署叛党兵分两路：一路计划由大城、文安北上，行进到距京都三百多里；一路计划由青县、静海北上，行进到距天津二百多里。然后，大城一路出其不意直抵京都，青县一路攻占了天津并夺取了那里的战船。如果攻打京都的兵马进展顺利，天津之兵也北上支援；如果失利，就向天津撤退，乘船入海逃走。胡维华正在布署兵力，分配官职，事情被人泄露出去。官军擒捕乱党，将胡维华等人包围起来，统统烧死。

　　当初，胡维华的父亲富有资财，好周济穷困，也没做过多大的坏事。邻村有一位老儒，名叫张月坪。张月坪有一个女儿，长得国色天姿，美丽动人。胡父一见张女，神魂颠倒。但他已有妻室，张月坪又很迂腐耿直，绝对不会有让女儿为人纳妾。于是胡氏不提亲事，而聘请张月坪到自己家中教书。张月坪父母的灵柩远在辽东，因无钱运回家乡，常常愧疚感伤。偶尔谈到这件事的时候，胡氏很慷慨，主动捐资帮助他将双亲灵柩运来，而且赠送一块墓地进行埋葬。在张月坪的耕地里发现了一具死尸，而这具尸体正是张月坪的仇人。官府以谋杀罪审查张月坪，胡氏又千方百计为他申辩，终于使他获得释放。

　　一天，张月坪的妻子带女儿回娘家探亲，因为三个儿子都很年幼，张月坪便向胡氏请假回家照顾门户，说过几天就回来。胡氏得知这一情况，暗中派人前往张月坪家，将他的门户上锁，放火烧房，张月坪父子四人全被烧死。胡氏佯装惊讶悲伤，出钱办理丧事，并且时常周济张月坪的妻女。张月坪的妻子女儿没有谋生的职业，后来也就主要依靠胡氏周济度日。有人向张妻求亲，想聘娶她的女儿。张妻相信胡氏,总要征求胡氏的意见;而胡氏总是暗加阻挠。久而久之,胡氏渐渐向张妻透露了纳张女为妾的意思。张妻对胡氏心存感激也就答应了。她与女儿商量,女儿起初没有同意,可夜间梦见父亲对她说:"你不嫁他,我就永远不能满足我的心愿。"于是张女听从父母之命,嫁胡氏为妾。过了一年多,张女生下胡维华就死了。胡维华竟覆灭了胡氏宗族。

百年女鬼

【原文】

陈枫崖光禄言,康熙中枫泾一太学生,尝读书别业。见草间有片石,已断裂剥蚀,仅存数十字,偶有一二成句,似夭逝女子之碣也。生故好事,意其墓必在左右,每陈茗果于石上,而祝以狎词。越一载余,见丽女独步菜畦间,手执野花,顾生一笑。生趋近其侧,目挑眉语,方相引入篱后灌莽间,女凝立直视,若有所思。忽自批其颊,曰:一百余年,心如古井,一旦乃为荡子所动乎?顿足数四,奄然而灭。方知即墓中鬼也。蔡修撰季实曰:古称盖棺论定。观于此事,知盖棺犹难论定矣。是本贞魂,犹以一念之差,几失故步。晦庵先生诗曰:世上无如人欲险,几人到此误平生。谅哉!

【译文】

陈枫崖光禄说:康熙年间,枫泾的一位太学生在郊外的一所房子里刻苦攻读。一天,见草丛中有一刻字的石片。石片断裂,又被风雨侵蚀,字迹模糊,只存有几十个字,偶尔也能读成一两句,似乎是一位夭逝女子的墓碣。这位太学生一向好事,寻思女子的墓葬必定在碣石附近,于是便经常在石上陈列茶果,并用亲昵的言辞来祝告。

过了一年多,他见一位美丽的女子独自在

菜畦中散步，手里拿着野花，正看着自己微笑。太学生走近她的身边，好眉目传情，于是两人手拉手，钻入篱笆后面的草木丛中。女子凝神直视，似乎有所思虑，忽然自我用掌击面说："一百多年，心如枯井，为何一时就为轻薄男子动心呢？"跺了几下脚，突然消失。太学生这才知道原来她就是墓中之鬼。

蔡修撰季实说："古代有'盖棺论定'的说法，通过这件事，可知即使'盖棺'，也还是难于'论定'的。这位女子本来是个守贞节的鬼魂，一念之差，几乎丧失了百年的贞守。"晦庵先生有诗说道："世上无如人欲险，几人到此误平生。"的确如此啊！

借身复仇

【原文】

乾隆庚午，官库失玉器，勘诸苑户，苑户常明对簿时，忽作童子声曰：玉器非所窃，人则真所杀。我即所杀之魂也。问官大骇，移送刑部。姚安公时为江苏司郎中，与余公文仪等同鞫之。魂曰：我名二格，年十四，家在海淀，父曰李星望，前岁上元，常明引我观灯归，夜深人寂，常明戏调我，我力拒，且言归当诉诸父。常明遂以衣带勒我死，埋河岸下。父疑常明匿我，控诸巡城，送刑部，以事无左证，议别缉真凶。我魂恒随常明行，但相去四五尺，即觉炽如烈焰，不得近。后热稍减，渐近至二三尺，又渐近至尺许。昨乃都不觉热，始得附之。又言初讯时，魂亦随至刑部，指其门乃广西司。按所言月日，果检得旧案。问其尸，云在河岸第几柳树旁。掘之亦得，尚未坏。呼其父使辨识，长恸曰：吾儿也！以事虽幻杳，而证验皆真。且讯问时，呼常明名，则忽似梦醒，作常明语；呼二格名，则忽似昏醉，作二格语。互辩数四，始款伏。又父子絮语家事，一一分明。狱无可疑，乃以实状上闻。论如律，命下之日，魂喜甚。本卖糕为活，忽高唱卖糕一声，父泣曰：久不闻此，宛然生时声也。问儿当何往？曰：吾亦不知，且去耳。自是再问常明，不复作二格语矣！

【译文】

乾隆庚午年，官库一失窃，大量玉器被盗。官府审查苑户，苑户常明受审时，忽然变成小童的声音说："玉器不是常明偷的，人却真是他杀的。我就是受害人的魂魄。"负责审问的官员大惊，立即移送刑部审问。先父姚安公当时任江苏司郎中，与余文仪等人共同参与会审。附于常明身上的魂魄说："我名叫二格，十四岁，家住海淀。父亲叫李星望。前年元宵节，常明带我出去观灯。回来的路上，夜深人静，常明调戏我。我拼命抵抗誓死不从，说回家后要告诉父亲，常明一听，就用衣带把我勒死，埋在了河岸下面。父亲怀疑常明把我藏起来了，控告到省城，案子移送刑部。刑部认为没有证据，决议释放常明，另找真凶。我的魂魄常跟着常明走，但是必须距离四五尺以外，稍近一点就感到烈火烧身，不能靠近他的身躯。后来他的热度逐渐减弱，我也就近到二三尺的距离，一尺左右的距离。昨天感到一点都不热了，才附进他的身躯。"

魂魄又说当初审讯时，他也跟到了刑部，并指出所进的门是广西司。按他所说的日期查找，果然查到旧案。问他尸体具体埋在什么地方，他回答在河岸的第几棵柳树旁，按照他所说的地方挖掘果然发现了尸体，还没腐烂。传呼他的父亲李星望辨认，李星望见尸悲恸万分，哭认是自己儿子二格。事情虽然离奇，验证却很真实。而且讯问过程中，呼叫常明的姓名，常明就忽似梦醒，作为常明讲话；呼叫二格的姓名，常明就像昏醉一样，作为二格发言。这样相互辩论了几次，常明承认自己杀了人。还有，李氏父子闲谈生活琐事，一件一件都很清楚。案子审到这里，已经没有什么疑点，于是据实奏报朝廷，将常明以杀人罪论处。命令下达这天，二格的魂魄欢天喜地，因为他生前以卖糕为生，便忽然情不自禁地高唱一声："卖糕！"他的父亲李星望闻声落下泪来，说："很久没有听到这一呼唱了，就像孩子在生前呼唱一样。"父亲问二格要到哪里去，二格说："我也不知道。我走了。"从此再问常明，常明不再作为二格说话。

怒骂城隍

【原文】

献县老儒韩生，性刚正，动必遵礼，一乡推祭酒。一日，得寒疾。恍惚间，一鬼立前曰：城隍神唤。韩念数尽当死，拒亦无益，乃随去。至一官署，神检籍曰：以姓同误矣。杖其鬼二十，使送还。韩意不平，上请曰：人命至重，神奈何遣愦愦之鬼，致有误拘？倘不检出，不竟枉死耶？聪明正直之谓何！神笑曰：谓汝偏强，今果然。夫天行不能无岁差，况鬼神乎！误而即觉，是谓聪明；觉而不回护，是谓正直。汝何足以知之。念汝言行无玷，姑贷汝，后勿如是躁妄也。霍然而苏。韩章美云。

【译文】

献县老儒韩生，性情刚直，一举一动都要遵循礼节，全乡人都推举他作为祭酒，主持乡中礼仪大事。

一天，韩生身染寒疾，恍惚中见一鬼立在面前对他说："城隍神招唤你。"韩生想可能是自己寿命已尽，抗拒也没用，便随鬼前往。来到一所官署，神检查花名册说："由于姓氏相同，捕错人了。"将带韩生的鬼打了二十杖，命他送回韩生。韩生心里很生气，上前质问神说："人命至关重要，神为什么派糊涂鬼，抓错人呢？如果不是检查出来，不就屈死人命了？那么，所谓神灵的'聪明正直'指的什么？"神笑着说："说你偏强，果然不错。天地运行还不能避免岁差，何况是鬼神！有了错误立刻察觉就是'聪明'，察觉以后立刻改正就是'正直'，你哪里知道这一道理呢！考虑到你的言行正直、忠厚老实，姑且宽恕你，以后再不要这样狂妄胡说了。"韩生猛然苏醒。这是韩章美说的。

女鬼挡车

【原文】

奴子刘四，壬辰夏乞假归省。自御牛车载其妇。距家三四十里，夜将半，牛忽不行。妇车中惊呼，曰：有一鬼，首大如瓮，在牛前。刘四谛视，则一短黑妇人，首戴一破鸡笼，舞且呼，曰：来来！惧而回车，则又跃在牛前呼：来来。如是四面旋绕，遂至鸡鸣。忽立而笑曰：夜凉无事，借汝夫妇消闲耳，偶相戏，我去后，慎勿詈我。詈则我复来。鸡笼是前村某家物，附汝还之。语讫，以鸡笼掷车上去。天曙抵家，夫妇并昏昏如醉。妇不久病死，刘四亦流落无人状。鬼盖乘其衰气也。

【译文】

家奴之子刘四，壬辰年夏天请假回家探亲。刘四自己驾着牛车，车上载着自己的媳妇。离家三四十里的时候，将近半夜，牛忽然止步不前。媳妇在车中惊声呼喊："有一个鬼，头像瓮一般大，就在牛前。"刘四一看，有身材矮小的黑妇人，头上戴着一个破鸡笼，一边跳舞，一边招呼："来！来！"刘四害怕，调转车头原路返回，黑妇人又跳到牛前招呼："来！来！"刘四又回车，这样几次三番，一直到了鸡叫。黑妇人忽然停跳而立，笑着说："夜间凉爽没事做，和你们夫妇开个玩笑借此消磨一下时光，我走后千万不要骂我，骂我我就还来。鸡笼是前村某户人家的，交给你们送归原主。"说完，把鸡笼扔上车去。刘四天明到家，昏昏沉沉，就像喝醉酒一样。媳妇不久病死，刘四也流落到不像人样。鬼大概是乘他们气衰才演了这场恶作剧。

骂狐遭戏

【原文】

景城有刘武周墓，《献县志》亦载。按武周山后马邑人，墓不应在是，疑为隋刘炫墓。炫，景城人，《一统志》载其墓在献县东八十里。景城距城八十七里，约略当是也。旧有狐居之，时或戏谑醉人。里有陈双，酒徒也。闻之愤曰：妖兽敢尔。诣墓所，且骂且詈。时耘者满野，皆见其父，怒坐墓侧。双跳踉叫号，竞前呵曰：尔何醉至此，乃詈尔父！双凝视，果父也。大怖叩首，父径趋归。双随而哀乞，追及于村外，方伏地陈说，忽妇媪环绕，哗笑曰：陈双何故跪拜其妻？双仰视，又果妻也。愕而痴立，妻亦径趋归。双悯悯至家，则父与妻实未尝出。方知皆狐幻化戏之也，惭不出户者数日。闻者无不绝倒。余谓双不詈狐，何至遭狐之戏？双有自取之道焉。狐不嬲人，何至遭双之詈？狐亦有自取之道焉。颠倒纠缠，皆缘一念之妄起。故佛言一切众生，慎勿造因。

【译文】

景城有座刘武周墓，《献县志》也有记载。按说刘武周是山后马邑人，坟墓不应该在景城，我怀疑所谓景城刘武周墓是隋朝刘炫的墓。刘炫是景城人，据《一统志》记载，他的墓在献县东八十里，而景城距献县县城八十七里，估计该墓应该是刘炫之墓。

以前就有狐狸住在这墓穴里，时常戏弄喝醉酒的人。附近村里有位陈双，是个酒鬼，此人胆大从不怕事，听说墓上狐狸戏弄醉人，气愤地大骂："妖兽竟敢如此无礼！"前往墓丘，斥骂不停。当时，耕田的人布满田野，都看见陈双的父亲气愤地坐在墓旁，陈双一边跳一边斥骂。人们竞相跑到陈双面前呵斥他说："你怎么醉到这步田地，竟来骂你的父亲！"陈双睁大双眼一看，果然是自己的父亲，大为恐怖，急向父亲叩头。父亲不理睬他，一个人怒气冲冲地向家走去。陈双跟随父亲身后，连声哀求父亲原谅，一直追到村外。他跪在地上向父亲说明原因，忽然一群村妇围在四周，哗然大笑，问他："陈双为什么跪在地上拜自己的媳妇呢？"陈抬头一看，面前又果然是自己的妻子。他十分惊愕，痴立在路边，实在不明白这是怎么一回事。妻子也不理睬他，一个人急急忙忙地向家走去。

陈双昏头昏脑地回到家中，得知父亲与妻子都在家中，根本就没出门时，他才明白是狐狸幻化父亲与妻子的形貌戏弄了自己，惭愧得好几天没有露面。当时听到这事的人都禁不住大笑起来。我认为陈双不骂狐狸，不至于遭狐戏弄，他是自找受辱；狐狸不去扰人，不至于遭人斥骂，狐也是自找挨骂。颠倒错乱，反复纠缠，都是由一个轻率的念头引起。所以佛家说：一切众生，切勿自己"制造起因"。

鬼藏药方

【原文】　　内阁学士永公，讳宁，婴疾，颇委顿。延医诊视，未遽愈。改延一医，索前医所用药帖，弗得。公以为小婢误置他处，责使搜索，云不得且笞汝。方倚枕憩息，恍惚有人跪灯下曰：公勿笞婢。此药帖小人所藏。小人即公为臬司时平反得生之囚也。问：藏药帖何意？曰：医家同类皆相忌，务改前医之方，以见所长。公所服药不误，特初试一剂，力尚未至耳。使后医见方，必相反以立异，则公殆矣。所以小人阴窃之。公方昏闷，亦未思及其为鬼。稍顷始悟，悚然汗下。乃称前方已失，不复记忆，请后医别疏方。视所用药，则仍前医方也。因连进数剂，病霍然如失。公镇乌鲁木齐日，亲为余言之，曰：此鬼可谓谙悉世情矣。

【译文】　　内阁学士永宁，得了病，身体非常衰弱困顿。请医诊视，服药后没有立即见效，于是便又请了其他医生。

这位后来的医生向永宁索要前面医生给他开的药方，永宁吩咐婢女去找可是没有找到。永宁以为是小婢女放错了地方，责斥她去找，并吓唬说如果找不到就打她。小婢女找药方的时候，永宁倚枕休息，恍惚中见有人跪在灯下对他说："请大人不要笞打小婢女，这个药方是小人藏了起来。小人就是大人做臬司时被大人平反昭雪得以转生的死囚。"永宁问："你藏药方是何用意？"鬼囚回答说："同行是冤家，都互相妒忌，后医务必要修改前医的药方，以显示自己医术高深。大人所服的前医之药并没差错，只因初次试用，仅服下一剂，还未达到药效。假设此医见到前医的药方，必然用相反的药方下药，以示自己不同前医，那么恩公就危险了。所以小人暗中窃取了药方。"永宁昏昏沉沉，也没想到死囚已经做鬼。过了片刻才醒悟过来，吓得出了一身冷汗。于是谎称药方丢失无从找回，请后医另行开方。永宁见后医所开的药方,仍然是前医的药方。于是连服数剂,病情果然好转。

永宁镇守乌鲁木齐时,亲口对我叙述了这件事,并且说:"这个鬼可以说是熟悉世情啊!"

土地显灵

【原文】

杜生村,距余家十八里。有贪富室之贿,鬻其养媳为妾者。其媳虽未成婚,然与夫聚已数年,义不再适。度事不可止,乃密约同逃。翁姑觉而追之,二人夜抵余村土神祠,无可栖止,相抱泣。忽祠内语曰:追者且至,可匿神案下。俄庙祝踉跄醉归,横卧门外。翁姑追至,问踪迹,庙祝呓语应曰:是小男女二人耶?年约若干,衣履若何,向某路去矣。翁姑急循所指路往。二人因得免。乞食至媳之父母家。父母欲讼官,乃得不鬻。尔时祠中无一人。庙祝曰:吾初不知是事,亦不记作是语。盖皆土神之灵也。

【译文】

我家十八里外有个杜生村,村中有户人家,因贪图一个富户的财物,要把自己家的童养媳卖给富户做妾。童养媳虽未成婚,但与未婚夫已相聚数年,产生感情,志不另嫁。小夫妇考虑无力抗拒,两人密谋决定私奔。公婆发现,随后追来。到了晚上两人无处栖身,后来躲到一座土地庙里,二人思前想后,无计可施忍不住又抱头痛哭。忽闻祠内有声音对他们说:"追你们的人立刻就到,快藏在神案下面。"不一会儿,庙祝酒醉归来,踉踉跄跄地横倒在了门外。接着,童养媳的公婆就追到了祠前,向庙祝打听逃者的踪迹。庙祝说着梦话回答:"是不是小男女二人?年纪大约十几,穿的衣服鞋子如何如何,已经向某条路去了。"公婆急忙沿庙祝所指的道路追了去。小夫妇二人因此未被追得,讨饭到了童养媳的娘家。娘家父母要和男方父母打官司,公婆这才放弃。那天夜晚,我村的土神祠中并无其他人。庙祝说:"我起初根本不知道这件事,也不记得说了指路的话。"看来这土地神显灵了。

躲婚免祸

【原文】

　　于氏，肃宁旧族也。魏忠贤窃柄时，视王侯将相如土苴。顾以生长肃宁，耳濡目染，望于氏如王谢，为侄求婚，非得于氏女不可。适于氏少子赴乡试，乃置酒强邀至家，面与议。于生念许之则祸在后日，不许则祸在目前，猝不能决，托言父在难自专。忠贤曰：此易耳，君速作札，我能即致太翁也。是夕，于翁梦其亡父，督课如平日，命以二题。一为孔子曰诺，一为归洁其身而已矣。方构思，忽叩门惊醒，得子书，恍然顿悟。因复书许姻，而附言病颇棘，促子速归。肃宁去京四百余里，比信返，天甫微明，演剧犹未散。于生匆匆束装，途中官吏迎候者，已供帐相属。抵家后，父子俱称疾不出。是岁为天启甲子。越三载而忠贤败，竟免于难。事定后，于翁坐小车，遍游郊外曰：吾三载杜门，仅博得此日看花饮酒。岌乎危哉。于生濒行时，忠贤授以小像，曰：先使新妇识我面。于氏于余家为表戚，余儿时尚见此轴。貌修伟而秀削，面白，色隐赤，两颧微露，颊微狭，目光如醉，卧蚕以上，赭石薄晕，如微肿，衣绯红，座旁几上，露列金印九。

【译文】

　　于氏，肃宁县的名门望族。明朝时魏忠贤独揽朝政，不可一世，视王侯将相如同草芥。但他从小生长于肃宁，耳闻目染，非常羡慕于氏，在他心目中，于氏就好像六朝时代王、谢二姓那样的名门望族。因此，掌权以后为侄求婚，就非要得到于氏之女不可。恰好于小儿子参加乡试，魏忠贤设酒将他强行邀请至家，当面提出为侄求婚一事。于生心想，如果许婚日后必然遭祸，如果不许婚就会祸在目前，一时难于决定，便推辞说自己不能擅作主张，一切都由父

亲定夺。魏忠贤说："这容易，你快写封信，我能很快收到于老太翁的回音。"于生无奈，只好给父写信。

这天晚上，身居肃宁的于翁做了一梦，梦见已故的父亲像平日一样督课自己的学业，出了两道作文考题：一是"孔子曰诺"，一是"归洁其身而已矣"。正在构思文章的时候，忽然被敲门声惊醒。原来是魏忠贤派人前来送信。他一见儿子的书信，对父亲在梦中给予的命题恍然大悟。于是复信表示许婚，而且附带说明自己得了急病，要儿子火速回家。肃宁距京都四百多里，等到于翁的信送到京城时，天刚微亮，夜戏还没散场。于生阅读父书，匆匆整装回家，一路上，魏忠贤早已命人布置，迎候的官吏成群结队所到之处都盛情款待。到家后，于氏父子都推说得了疾病，闭门不出。定婚这年是天启甲子年。三年以后，魏忠贤垮台，于氏一家终于避免了牵连。魏氏狱案过后，于翁乘坐小车，逍遥自在地遍游郊外，高兴地对人说："我三年闭门不出，就是为了今天能够赏花饮酒，真危险呀！"当年于生临别京都时，魏忠贤将自己的一幅小像送给于生说："先让新媳妇认识认识我的相貌。"

于氏和我家是表亲，我儿时曾见过魏忠贤的画像，其人身貌高大秀削，面色白皙透红，颧骨略微凸露，面颊稍长，目光似醉，眉如卧蚕，赭石薄晕，好似微肿。身穿绯红衣服，座旁的几案上排列着九方金印。

鬼使神差

【原文】

先姚安公有仆，貌谨厚而最有心计。一日，乘主人急需，饰词邀勒，得赢数十金。其妇亦悻悻自好，若不可犯，而阴有外遇，久欲与所欢逃，苦无资斧。既得此金，即盗之同遁。越十余日捕获，夫妇之奸乃并败。余兄弟甚快之。姚安公曰：此事何巧相牵引，一至于斯。殆有鬼神颠倒其间也。夫鬼神之颠倒，岂徒博人一快哉？凡以示戒云尔。故遇此种事，当生警惕心，不可生欢喜心。甲与乙为友，甲居下口，乙居泊镇，相距三十里。乙妻以事过甲家，甲醉以酒而留之宿。乙心知之，不能言也，反致谢焉。甲妻渡河覆舟，随急流至乙门前，为人所拯。乙识而扶归，亦醉以酒而留之宿。甲心知之，不能言也，亦反致谢焉。其邻媪阴知之，合掌诵佛曰：有是哉，吾知惧矣。其子方佐人诬讼，急自往呼之归。汝曹如此媪可也。

【译文】

　　先父姚安公有个仆人，表面谨慎忠厚，实际上很有心计。一天，他乘主人急需办理某事，花言巧语，骗了十金。他的妻子也一本正经，其实早已红杏出墙。她很早就想与相好私奔，只是苦于没有资金，才暂时没逃。仆人将贪污的资金拿回去，妻子就窃取到手与相好私奔了。十多天后，两个私奔男女被抓获回来，仆人贪污的事也被供出来，夫妇二人的狡诈隐私一并败露。我们兄弟拍手称快。姚安公说："这件事情互相牵引，怎么会这么巧呢！恐怕是有鬼神暗在其中颠倒造成的。鬼神颠倒出事情的真相，哪里只是为了博取人的快活呢！鬼神的主要目的是告诫人们啊。因此，遇见这种事情，应该警钟长鸣，且不可沾沾自喜。甲乙二人是朋友，甲住在下口，乙住在泊镇，两地相距三十里。乙的妻子因事出门路过甲家，甲用酒把她灌醉留宿过了一夜。乙心里明白事情真相，口里不能明说，反而向甲致谢。事后甲的妻子渡河时翻了船，随流漂到乙家门前，被人救上来，乙认出是甲的妻子，把她扶回自家，也用酒把她灌醉留宿过了一夜。甲心照不宣，也连忙向乙表示感谢。甲的一位邻居老妇暗中知道了这件事的来龙去脉，双手合掌诵佛说：'竟有这等事啊！我知道害怕了。'当时老妇的儿子正在帮人诬告他人，急忙亲自前往将儿子呼唤回家。你们应该采取老妇这种看事态度。"

雅　　狐

【原文】

　　丁亥春，余携家至京师。因虎坊桥旧宅未赎，权住钱香树先生空宅中。云楼上亦有狐居，但扃锁杂物，人不轻上。余戏粘一诗于壁，曰：草草移家偶遇君,一楼上下且平分。耽诗自是书生癖,彻夜吟哦厌莫闻。一日,姬人启锁取物,急呼怪事。余走视之,则地板尘上,满画荷花,茎叶苕亭,具有笔致。因以纸笔置几上,又粘一诗于壁,曰:仙人果是好楼居,文采风流我不如。新得吴笺三十幅,可能一一画芙蕖。越数日启视,竟不举笔。以告裘文达公。公笑曰:钱香树家狐,固应稍雅。

【译文】

丁亥年春天,我携带家眷到达京都。因为虎坊桥的故宅还没赎回,暂时住在钱香树先生的一所空宅中。据说楼上也有狐狸居住,也就很少看人上去,只是在上面存放了一些杂物。我开玩笑地把一首诗粘在墙壁上:"草草移家偶遇君,一楼上下且平分。耽诗自是书生癖,彻夜吟哦厌莫闻。"一天,侍妾开锁取物,连声呼喊说:"奇怪!奇怪!"我上前一看,地板的尘土上画满了荷花,茎叶高高挺立,具有情致韵味。于是我把笔和纸放在几案上,又在壁上粘了一首诗:"仙人果是好楼居,文采风流我不如。新得吴笺三十幅,可能一一画芙蕖?"几天以后开门察看,竟没有举笔作画。我把这事讲述给裘文达公听,他笑着说:"钱香树家的狐嘛,本来就应该雅一些。"

孟村某女

【原文】

明崇祯末,孟村有巨盗肆掠,见一女有色,并其父母系之。女不受污,则缚其父母加炮烙。父母并呼号惨切,命女从贼,女请纵父母去,乃肯从。贼知其绐己,必先使受污而后释。女遂奋掷批贼颊,与父母俱死,弃尸于野。后贼与官兵格斗,马至尸侧,辟易不肯前,遂陷淖就擒。女亦有灵矣。惜其名氏不可考。论是事者,或谓女子在室，从父母之命者也。父母命之从贼矣，成一己之名，坐视父母之惨酷，女似过忍。或谓命有治乱，从贼不可与许嫁比，父母命为娼，亦为娼乎？女似无罪。先姚安公曰：此事与郭六正相反，均有理可执。而于心终不敢确信。不食马肝，未为不知味也。

【译文】

明朝崇祯末年，盗贼猖獗，孟村的大盗更是肆意抢劫。盗贼见一个女子长得很美，就连同她的父母一起捆了起来。女子誓死不肯从贼受辱，盗贼就缚牢她的父母，用烧红的烙铁进行折磨。父母痛切惨呼，命女儿从贼。女子请盗贼释放父母，然后才肯从贼。盗贼知道女子是在欺骗自己，必定要先污辱她然后才释放她的父母。女子奋起猛抓盗贼的面颊，于是与父母一同被盗贼杀死，扔在了荒野。事后，盗贼与官兵格斗，马走到女子的尸体旁，止步不前，陷进泥中被擒。这位女子的魂魄显了灵，可惜已经无从考知她的姓名。评论这件事的人意见不一。有的认为，女子在家未婚应该听从父母之命；父母让她从贼，她为了自己名声眼看着父母惨遭酷刑，似乎是过于狠心了。有的认为，父母之命有理智和糊涂的区别，从贼不能与出嫁与否相提并论，如果父母命女儿去做妓女，难道也要听命去卖淫吗？这个女子似乎并无任何罪过。

先父姚安公说："这件事情与郭六的事情正相反，都是有理由不可说的，可于心总有些不安。还是汉景帝说得好：'不食马肝，未为不知味也。'"

狐狸求仙

【原文】

何励庵先生言：相传明季有书生，独行丛莽间，闻书声琅琅。怪旷野那得有是，寻之，则一老翁坐墟墓间，旁有狐十余，各捧书蹲坐。老翁见而起迎，诸狐皆捧书人立。书生念既解读书，必不为祸，因与揖让席地坐。问：读书何为？老翁曰：吾辈皆修仙者也。凡狐之求仙有二途：其一采精气，拜星斗，渐至通灵变化，然后积修正果，是为由妖而求仙。然或入邪僻，则干天律。其途捷而危。其一先炼形为人，既得为人，然后讲习内丹，是为由人而求仙。虽吐纳导引，非旦夕之功，而久久坚持，自然圆满。其途纡而安。顾形不自变，随心而变，故先读圣贤之书，明三纲五常之理，心化则形亦化矣。书生借视其书，皆《五经》、《论语》、《孝经》、《孟子》之类，但有经文而无注。问：经不解释，何由讲贯？老翁曰：吾辈读书，但求明理。圣贤言语，本不艰深，口相授受，疏通训诂，即可知其义旨，何以注为？书生怪其持论乖僻，悯悯莫对。姑问其寿。曰：我都不记。但记我受经之日，世尚未有印板书。又问：阅历数朝，世事有无同异？曰：大都不甚相远。惟唐以前，但有儒者。北宋后，每闻某甲是圣贤，为小异耳。书生莫测，一揖而别。后于途间遇此翁，欲与语，掉头径去。案此殆先生之寓言。先生尝曰：以讲经求科第，支离敷衍，其词愈美而经愈荒。以讲经立门户，纷纭辩驳，其说愈详而经亦愈荒。语意若合符节。又尝曰：凡巧妙之术，中间必有不稳处。如步步踏实，即小有蹉失，终不至折肱伤足。"与所云修仙二途，亦同一意也。

【译文】

何励庵先生说：相传明朝末年有位书生，独自行走在长满杂草的丛林中，听到了琅琅的读书声。他听到旷野中有读书声感到奇怪，便寻声前进，原来是一位老翁坐在墟墓间，身旁有十多只狐狸，都各自捧书蹲坐，正在朗读。老翁见到书生到来，急忙起身迎接，群狐也随后捧书起身，像人一样有礼貌地站起来。书生寻思他们既然知道读书，就必定不会危害自己，于是向老翁施礼揖让，席地入坐。书生问："你们读书做什么？"老翁说："我们这些都是修仙的。大多狐狸求仙的途径有二：其一是采取精气，揖拜星斗，逐渐达到通灵变化，然后积修正果，这是由妖成仙的道路。不过，这条道路容易走火入魔，触犯天条，是一条捷径但很危险。其二是炼形为人，为人以后再讲习内丹，这是由人成仙的道路。这条道路必须吐纳导引，并非一日之功，但长久坚持，功果自然圆满，此路曲折但很安全。形体自己是不会变化的，但可以随着心的变化而变化，所以先来读圣贤之书，学懂三纲五常的道理，心变化为人心，形也就变化成人形了。"

书生借过他的书翻了翻，见都是《五经》《论语》《孝经》《孟子》之类的书，仅有经文而没有注解。书生问："经没有注释，如何讲解贯通呢？"老翁说:"我们读书。只求明白道理。圣贤说的话本不难懂,用口讲授,略加疏通训诂,就可以明白意思了,要注释做什么呢?"书生认为他的议论怪僻,不知如何回答。于是便转移话题,问老翁高寿多少。老翁说:"我早忘记。只记得我开始学经的时候,世上还没有刻版印刷的书籍。"书生又问:"你经历了好几个朝代,发现世事有什么不同吗?"老翁说:"大都没有太远的差别。只是唐代以前只有儒生,北宋以后常听到某人是圣贤,这点小有差别罢了。"书生揣不透老翁何指,便作揖告别了。后来书生又在路上遇见老翁,想与老翁说话,但老翁掉头而去,没再理睬他。

按:我认为这是何先生的寓言故事。何先生曾经说:"以讲经求取科第功名,残缺不全,敷衍了事,言辞愈美而经义愈是荒疏;以讲经成立门户,对经义纷纭辩驳,解说越详离经越远。"意思与老翁论经合拍。何先生又曾说:"凡是巧妙之术,中间必定存在不稳妥的地方。如果步步脚踏实地,就是跌倒一小步,也不至于摔断胳膊跌伤腿。"与老翁所说的修仙二途,也是同一个意思。

肥猪堕井救人

【原文】

去余家十余里,有瞽者姓卫。戊午除夕,遍诣常呼弹唱家辞岁,各与以食物,自负以归。半途,失足堕枯井中。既在旷野僻径,又家家守岁,路无行人,呼号嗌干,无应者。幸井底气温,又有饼饵可食,渴甚则咀水果,竟数日不死。会屠者王以胜驱豕归,距井有半里许,忽绳断豕逸,狂奔野田中,亦失足堕井,持钩出豕,乃见瞽者,已气息仅属矣。井不当屠者所行路,殆若或使之也。先兄晴湖,问以井中情状,瞽者曰:是时万念皆空,心已如死,惟念老母卧病,待瞽子以养。今并瞽子亦不得,计此时恐已饿莩,觉酸彻肝脾,不可忍耳。先兄曰:非此一念,王以胜所驱豕,必不断绳。

【译文】

　　离我家十多里,有个姓卫的盲人。戊午年除夕夜,他串家走户,去给人家弹唱,每家都给了他一些年用食品。唱遍各家各户以后,盲人背着食品回家。走到半路,失足掉进了一个枯井里。枯井远离大路,赶上新年除夕路上连个人影都没有,盲人喊干了喉咙也没人应声。幸好井底比较温暖,又有随身携带的食品可吃,渴了就咬一口水果,竟坚持了几天也没死去。这时,有个名叫王以胜的屠夫,赶着猪朝家走。离枯井大约半里路的时候,猪突然挣断绳索,一路狂奔,径直跑向枯井,来到井边,一头扎进井里。屠夫追上来,持钩想把猪钩上来,发现了井中奄奄一息的盲人。盲人因此得救。枯井不在屠夫所行的路上,事情似乎是有什么奇巧,故意使屠者发现盲人。

　　先兄晴湖曾向盲人探问他在井中的情况。盲人说:"当时万念皆空,心如死灰,只是惦念老母,放心不下。老母卧病在床,仅依靠自己这个瞎儿子来养活。现在连瞎儿子也不见了,恐怕这几天已经成为饿莩。想到此处,顿时伤心欲绝,痛哭不已。"已故的兄长说:"如果不是心存此念,王以胜所赶的猪必定不会断了绳子。"

强 盗 救 美

【原文】

　　齐大,献县剧盗也,尝与众行劫。一盗见其妇美,逼污之。刃胁不从,反接其手缚于凳,已褫下衣,呼两盗左右挟其足矣。齐大方看庄(盗语谓屋上瞭望以防救者为看庄)。闻妇呼号,自屋脊跃下,挺刃突入曰:谁敢如是,吾不与俱生!汹汹欲斗,目光如饿虎,间不容发之顷,竟赖以免。后群盗并就捕骈诛。惟齐大终不能弋获。群盗云:官来捕时,齐大实伏马槽下。兵役皆云:往来搜数过,惟见槽下朽竹一束,约十余竿,积尘污秽,似弃置多年者。

【译文】

　　齐大是献县的一个非常厉害的强盗。他曾与一伙强盗进行抢劫,其中一盗见被劫人家的妇人美丽,就要强奸。他首先用刀威胁,妇人誓死不从。接着便反接妇人双手,将她捆在长凳上,剥去下身衣服,呼使另外两盗一左一右,挟住妇人的双足。齐大正在房上瞭望看庄,听见屋内妇人呼号,立即从屋脊上飞跃而下,挺刃冲入屋中,厉声呵叱:"如敢这样,我定与他势不两立!"汹汹欲斗,目光如同饿虎。在这千钧一发的危急时刻,美妇人竟靠突然出现的齐大免除了一场灾难。后来群盗全部被捕,遭到诛杀,惟有齐大漏网,始终没有抓获。

群盗说,官兵搜捕的时候,齐大实际上就藏伏在马槽底下。据负责搜捕的官兵说,他们在马槽附近往来搜查了好几遍,只看见槽下有十几根沾满灰尘的腐朽竹竿像是许久没人动过。

缢鬼讨替身

【原文】

辛彤甫先生,官宜阳知县时,有老叟投牒曰:昨宿东城门外,见缢鬼五六,自门隙而入,恐是求代。乞示谕百姓,仆妾勿凌虐,债负勿逼索,诸事互让勿争斗,庶鬼无所施其技。先生震怒,笞而逐之。老叟亦不怨悔,至阶下拊膝曰:惜哉此五六命,不可救矣。越数日,城内报缢死者四。先生大骇,急呼老叟问之。老叟曰:连日昏昏,都不记忆,今乃知曾投此牒,岂得罪鬼神,使我受笞耶。是时此事喧传,家家为备,缢而获解者果二。一妇为姑所虐,姑痛自悔艾。二迫于逋欠,债主立为焚券,皆得不死。乃知数虽前定,苟能尽人力,亦必有一二之挽回。又知人命至重,鬼神虽前知其当死,苟一线可救,亦必转借人力以救之。盖气运所至,如严冬风雪,天地亦不得不然。至披裘御雪,墐户避风,则听诸人事,不禁其自为。

【译文】

辛彤甫先生在宜阳做知县时,有一位老翁来到县衙投上一份书面请示说:"我昨夜宿在东城门外,看见五六个吊死鬼从门缝里进来,恐怕是寻求替身的。乞求县令告谕百姓,不要凌虐仆妾,不要逼索债务,凡事相互谦让,不要进行争斗,以免缢鬼乘机施展伎俩。"辛先生大怒,以为过于荒唐。将老翁笞打一顿,逐出门来。老翁也不抱怨后悔,到台阶下拍着膝盖说:"可惜啊!这五六条人命不可救了!"

几天以后,城内向县衙报告,已经有四人缢死。辛先生大惊,急忙传来老翁追问根由。老翁说:"我连日来昏昏沉沉,什么都不记的,直到今天才知道自己曾向县衙投过书面请示。难道是我得罪鬼神,才罚我挨了一顿笞打吗?"当时这事四处传扬,家家提高了警惕,果然又有两个自缢的被救下来:一个是儿媳,由于受婆母虐待而自缢,婆母深自痛悔,表示定要善待儿媳;一个是债务人,由于受债主逼迫而自缢,债主当场焚烧债券,表示永不追索。二人有幸,都被救活。

通过这件事,可以知道命数是原先定下的。如果能尽心尽力,也还是有机会可以挽回的。又可知人命最重要,鬼神虽然预先知道某人该死,如有一线可救的希望,也必定转借人力相救。大概气数和运数的下达,就如同严冬风雪一样,天地也无从扭转这一现象。至于披上皮衣御雪,用泥涂塞窗户避风,那就听从于人事了,并不禁止各人的作为。

暂 入 轮 回

【原文】

宋蒙泉言,孙峨山先生,尝卧病高邮舟中,忽似散步到岸上,意殊爽适。俄有人导之行,恍惚忘所以,亦不问。随去至一家,门径甚华洁,渐入内室,见少妇方坐蓐,欲退避,其人背后拊一掌,已昏然无知。久而渐醒,则形已缩小,绷置锦褓中,知为转生,已无可奈何。欲有言,则觉寒气自囟门入,辄噤不能出。环视室中,几榻器玩,及对联书画,皆了了。至三日,婢抱之浴,失手坠地,复昏然无知。醒则仍卧舟中。家人云,气绝已三日，以四肢柔软，心膈尚温，不敢敛耳。先生急取片纸，疏所见闻。遣使由某路，送至某门中，告以勿过挞婢，乃徐为家人备言。是日疾即愈，径往是家，见婢媪皆如旧识。主人老无子，相对惋叹，称异而已。近梦通政鉴溪，亦有是事，亦记其道路门户。访之，果是日生儿即死。顷在直庐，图阁学时泉，言其状甚悉，大抵与峨山先生所言相类。惟峨山先生，记往不记返，鉴溪则往返俱分明。且途中遇其先亡夫人到家。入室时见夫人与女共坐，为小异耳。案轮回之说，儒者所辟，而实则往往有之。前因后果，理自不诬。惟二公暂入轮回，旋归本体，无故现此泡影，则不可以理推。六合之外，圣人存而不论，阙所疑可矣。

【译文】

宋蒙泉说：孙峨山先生曾经卧病在高邮的船上，忽然又好像散步到了岸上，感到十分凉爽舒适。不一会儿有人领他向前走，他恍恍惚惚向前走，也没多问。接着来到一户人家，门庭豪华，院落清洁。走入室内，见一少妇正在分娩。他想退避，被领他的人从背后拍了一掌，就昏迷不省人事了。等过了好久他醒过来的时候，发现自己身形已经缩小，躺在襁褓中间。心里明白这是已经转生，无可奈何了。一想说话，就觉得寒气从囟门向内钻，说不出来。他环视四周，室中的家具器物和对联书画，都十分清楚。

到第三天的时候，婢女抱着他洗澡，失手掉在地上，他就又失去了知觉。醒来的时候，仍旧卧病船上。家人说，他已经气绝三天，只是因为四肢柔软，胸腹间还温热，所以没有将你入殓。孙峨山先生急忙索取一纸，写出自己的见闻，派人沿他所走的路线去那户他曾转生的人家，告诉主人不要以过笞打婢女。然后，又慢慢地为家人详述了事情的经过。当天他的病就彻底好了，于是便亲自前往他曾转生的人家，见到婢女等人都如同老相识一样。这家主人老年无子，与孙峨山先生相对惋惜叹息，并称奇异。

近年通政梦鉴溪也有类似事情，也记得前往道路和出生门户。事后前去访问，果然该家当天生儿立即死去。不久前在直庐，内阁学士图时泉对其情况作过详细叙述，大抵与峨山先生的情况相类似。只是峨山先生记得前往转生的情况，不记得返回时的情况；梦鉴溪则往返情况都很清楚，而且途中遇见了他已经去世的夫人，到家入内室时见到夫人与女儿坐在一起，就这一细节稍有不同。佛家关于轮回转生的学说，是儒家避而不谈的。而实际上转生的事往往就有，前因后果，道理上自然没有错。只是峨山、鉴溪二位先生，暂时进入轮回，随后又返归了本体，无缘无故地现出了这么个轮回转生的泡影，则不可用常理来推论了。"六合之外，圣人存而不论"，姑且可以作为阙疑，暂不深究。

智破雷击案

【原文】

雍正壬子六月，夜大雷雨，献县城西有村民为雷击。县令明公晟往验，饬棺敛矣。越半月余，忽拘一人讯之曰：尔买火药何为？曰：以取鸟。诘曰：以铳击雀，少不过数钱，多至两许，足一日用矣。尔买二三十斤何也？曰：备多日之用。又诘曰：尔买药未满一月，计所用不过一二斤，其余今贮何处？其人词穷。刑鞫之，果得因奸谋杀状，与妇并伏法。或问：何以知为此人？曰：火药非数十斤不能伪为雷。合药必以硫磺。今方盛夏，非年节放爆竹时，买硫磺者可数。吾阴使人至市，察买硫磺者谁多。皆曰某匠。又阴察某匠卖药于何人。皆曰某人。是以知之。又问：何以知雷为伪作？曰：雷击人，自上而下，不裂地。其或毁屋，亦自上而下。今苫草屋梁皆飞起，土炕之面亦揭去，知火从下起矣。又此地去城五六里，雷电相同。是夜雷电虽迅烈，然皆盘绕云中，无下击之状。是以知之。尔时其妇先归宁，难以研问。故必先得是人，而后妇可鞫。此令可谓明察矣。

【译文】

雍正十年六月，一天夜间下大雷雨，献县城西的一个村民被雷击死。县令明晟前往现场验尸后，就命令将死者装棺入殓了。过了半个多月忽然抓了一个人审问他说："你买火药做什么用？"这人回答："用来打鸟。"县令说："用火枪打鸟，火药少不过几钱，多不超一两，就足够一天所用的了。你一次就买二三十斤，这是为什么？"这人回答："我是准备许多天用的。"县令又问："你买火药至今不满一月，计算你一月所用也不过一二斤，其余的火药现在何处？"这人无话可答。明晟下令用刑，果然得到因奸谋杀的罪状，同姘妇一起被依法判处死刑。

事后有人问明晟："怎么知道是这个人作的案呢？"明晟说："没有几十斤火药，伪造不出雷击的声响。制造火药必须用硫磺。现在正是盛夏，并非年节放鞭炮的时候，买硫磺的人相当少。我暗中派人到市上察访谁买的硫磺最多，都说是某个火药匠。接着又暗中察访火药匠把火药卖给了谁，都说卖给了这个人。因此，我就推测是他作的案。"人们又问，"怎么知道雷火是假造的呢？"明县令回答："雷电击人是从上向下打，不会裂开地面。或许毁坏房屋，也是从上面打下来。这次所谓雷击，屋顶房梁都起飞了，土炕的表面也被揭去，由此可知火是从下面起来的。还有，该村距县城仅有五六里，雷电情况是相同的。当夜虽然电闪雷鸣，但是都在云中盘旋回绕，没有向下击打的样子。因此发现这是谋杀而不是雷击。当时死者的妻子已经先回娘家，难以对她进行盘问追究，因此一定要先找到这个人，然后才可审问妇人。"这位县令可称得上是明察啊！

借金惩恶商

【原文】

有山西商居京师信成客寓，衣服仆马皆华丽，云且援例报捐。一日，有贫叟来访，仆辈不为通。自候于门，乃得见。神意索漠，一茶后别无寒温。叟徐露求助意。怫然曰：此时捐项且不足，岂复有余力及君？叟不平，因对众具道西商昔穷困，待叟举火者十余年，复助百金使商贩，渐为富人。今罢官流落，闻其来，喜若更生。亦无奢望，或得囊所助之数，稍偿负累，归骨乡井足矣。语讫絮泣。西商亦似不闻。忽同舍一江西人，自称姓杨，揖西商而问曰：此叟所言信否？西商面赪贞曰：是固有之，但力不能报为恨耳。杨曰：君且为官，不忧无借处。倘有人肯借君百金，一年内乃偿，不取分毫利，君肯举以报彼否？西商强应曰：甚愿。杨曰：君但书券，百金在我。西商迫于公论，不得已书券。杨收券，开敝箧，出百金付西商。西商怏怏持付叟。杨更治具，留叟及西商饮。叟欢甚，西商草草终觥而已。叟谢去，杨数日亦移寓去，从此遂不相闻。后西商检箧中少百金，镭锁封识皆如故，无可致诘。又失一狐皮半臂，而箧中得质票一纸，题钱二千，约符杨置酒所用之数。乃知杨本术士，姑以戏之。同舍皆窃称快。西商惭沮，亦移去，莫知所往。

【译文】

有位山西商人，寄居在京都信成客店，衣着、仆人和乘马都很华丽，自称是来京按惯例出钱捐官的。

一天，有个贫穷老翁前来拜访商人。商人的仆从们不给通报，他就自己在门外等候，终于见到了商人。商人对老翁态度冷淡，只是略备茶水，然后便装成若无其事的样子置之不理。老翁慢慢地向商人透露了请求经济援助的意思。商人气恼地说："我捐官的钱还没有够，哪里还能顾及到你呢？"老翁愤愤不平，于是对着众人一一讲述山西商人过去困境。商人依靠老翁周济了十几年，老翁又资助他百金去做生意，他才逐渐变成富人。现在老翁罢官，流落京城，听说商人来京，心里高兴。不过，他也没有过多的奢望，只要得到他当年资助商人经商的钱数，偿还一下债务，自己的一把老骨头能够回乡，也就心满意足了。老翁说完，还不停地落泪。商人神色漠然，佯装没有听见老翁的诉说。忽然，同店一位自称姓杨的江西客人站起身来，向山西商人供手揖礼，问："这个老翁的话可是真的？"商人面色一红，说："是有这事，但我财力有限，不能回报，只有感到遗憾了。"杨氏说："君将要做官，不愁无处借钱。倘若有人肯借百金给君，一年偿还，不收一分一毫利息，君肯不肯借来用它回报老翁呢？"商人勉强答应说："很愿意。"杨氏说："你只要写个字据银子我借给你。"商人迫于众人舆论，不得已写了借据。杨氏收起借据，从自己的破箱子中取出百金交给商人。商人极不情愿地又把百金递给老翁。杨氏还要来酒菜，挽留老翁与商人饮酒。老翁十分高兴，商人只是敷衍了事。酒后，老翁道谢告辞。杨氏过了几天也移居别处。从此，他们再没互通消息。后来，商人检查自己的箱子，发现少了百金，但箱上的锁和封条都没动过，无处可以查问。还发现少了半个袖筒的狐皮料子，而在箱中检到一张当票，注明当钱二千，大约相当于杨氏置酒请客的费用。他这才明白,杨氏原来是个会法术的术士,故意同他开了个玩笑以此对他戏弄了一番。同店客人们得知此事,都暗中拍手称快。商人惭愧沮丧,就搬走了,不知到哪里去了。

母救人子延寿

【原文】

　　农夫陈四,夏夜在团焦守瓜田,遥见老柳树下,隐隐有数人影。疑盗瓜者,假寐听之。中一人曰:不知陈四已睡未?又一人曰:陈四不过数日,即来从我辈游,何畏之有。昨上直土神祠,见城隍牒矣。又一人曰:君不知耶?陈四延寿矣。众问何故,曰:某家失钱二千文,其婢鞭捶数百未承。婢之父亦愤曰:生女如是,不如无。倘果盗,吾必缢杀之。婢曰:是不承死,承亦死也。呼天泣。陈四之母怜之,阴典衣得钱二千,捧还主人曰:老妇昏愦,一时见利取此钱,意谓主人积钱多,未必遽算出。不料累此婢,心实惶愧。钱尚未用,谨冒死自首,免结来世冤。老妇亦无颜居此,请从此辞。婢因得免。土神嘉其不辞自污以救人。达城隍,城隍达东岳。东岳检籍,此妇当老而丧子,冻饿死。以是功德,判陈四借来生之寿,于今生俾养其母。尔昨下直,未知也。陈四方窃愤母以盗钱见逐,至是乃释然。后九年母死,葬事毕,无疾而逝。

【译文】

　　农夫陈四,夏天夜间在瓜棚看守瓜田,远远望见老柳树下隐隐约约有几个人影,怀疑是偷瓜的人,就假装睡觉侧耳细听。听见其中一人说:"不知陈四是否已经睡着?"另一人说:"陈四也不过还有几天,就和我们一样了,有什么好怕的?昨天在土神祠值班,我已经见到城隍的索魂文书。"又一人说:"你大概不知道吧?陈四又延长寿命了。"众人都问:"为什么?"那人回答说:"某家丢失了两千文钱,怀疑是婢女窃取,打了几百鞭子都没承认。婢女的父亲也很生

气,说:'有这样的女儿还不如没有。倘若果真是她偷的,我一定要勒死她。'婢女说:'看来不承认是死,承认也是死。'委屈地不停地落泪,呼叫起天来。

陈四的母亲怜惜她,就偷偷地典卖了自己的衣服,得到两千文钱,捧还给主人说:'是我这个老婆子昏了头脑,一时见钱眼红就拿走了。原以为主人积蓄很多,未必很快就能算出少了两千文。不料连累了这个婢女,心里实在惶愧不安。钱还没用,现在冒死自首,免得结成来世冤仇。妇我也没脸面再住在这里请允许我就此作别。'由于她主动承担了偷钱的黑名,婢女才避免了一死。土神佩服她不怕自污勇于救人的高尚品行,汇报给城隍,城隍又转达东岳。东岳检查档案,陈四的母亲应该老年丧子,冻饿而死。因为这件功德,判陈四借来生的寿命延长今生,以便他为母养老送终。昨天延寿文书到达时,你们已经下班,所以不知道。"陈四正在为母亲因偷钱被逐的事暗自生气,听了这番话后,这才消除了疑虑,心情也平和了。九年以后,陈四母亲去世。办完丧事,陈四也在没有生病的情况下死去。

众鬼制暴

【原文】

　　王秃子幼失父母,迷其本姓。育于姑家,冒姓王,凶狡无赖,所至童稚皆走匿,鸡犬亦为不宁。一日与其徒自高川醉归,夜经南横子丛冢间,为群鬼所遮。其徒股栗伏地,秃子独奋力与斗。一鬼叱曰:秃子不孝,吾尔父也!敢肆殴!秃子固未识父,方疑惑间,又一鬼叱曰:吾亦尔父也,敢不拜!群鬼又齐呼曰:王秃子不祭尔母,致饥饿流落于此,为吾众人妻,吾等皆尔父也!秃子愤怒,挥拳旋舞,所击如中空囊,跳踉至鸡鸣,无气以动,乃自仆丛莽间。群鬼皆嘻笑曰:王秃子英雄尽矣,今日乃为乡党吐气。如不知悔,他日仍于此待尔。秃子力已竭,竟不敢再语。天晓鬼散,其徒乃掖以归。

自是豪气消沮，一夜携妻子遁去，莫知所终。此事琐屑不足道，然足见悍戾者，必遇其敌。人所不能制者，鬼亦忌而共制之。

【译文】

  王秃子从小父母双亡，自己也忘记了姓什名谁，因在姑家长大，就称姓王。他从少年时就凶恶、狡诈、耍无赖，无人敢惹，所到之处，儿童像见到瘟神一样四处逃藏，连鸡犬也不得安宁。一天，他和徒弟从高川喝醉酒回家，夜间经过南横子的一片坟墓，被一群鬼拦住了去路。他的徒弟吓得双腿发抖，瘫倒在地。王秃子独身上前，奋力与群鬼搏斗。一鬼叱骂他说："秃子不孝，我是你的父亲，胆敢肆意还手！"秃子本来不认识父亲，听鬼这样说就疑惑起来。他正在疑惑，又一鬼呵叱说："我也是你的父亲，你还竟敢不快下拜行礼！"接着群鬼齐声高呼："王秃子不祭祀母亲，使她饥饿流落到此，为我们众人做了妻。我们都是你的父亲。"

  王秃子大怒，挥拳四处猛打，可一旦打在鬼身上，就像击中空布囊一样。他这样左冲右跳，前击后躲，到鸡叫时已经筋疲力尽，便自己倒在草丛中不能动了。群鬼嘻嘻哈哈地说："王秃子已经英雄气尽，今天我们总算为乡亲们出口恶气了。如果还不知改悔，改天我们还在这里等你。"秃子精疲力竭，没敢再说什么。天明时，群鬼散去，徒弟把他扶掖回家。从此以后，王秃子一蹶不振，一天夜间竟携带妻子离开家乡，没人知道去了何处。这件事情虽然琐碎，不足称道，但也充分说明凶者必遇强敌。人所不能制服的暴徒，鬼也有所顾忌，而是要联合起来制伏他。

俗 气 逼 狐

【原文】

  董曲江游京师时，与一友同寓。非其侣也，姑省宿食之资云尔。友征逐富贵，多外宿。曲江独睡斋中，夜或闻翻动书册，摩弄器玩声。知京师多狐，弗怪也。一夜以未成诗稿置几上，乃似闻吟哦声，问之弗答。比晓视之，稿上已圈点数句矣。然屡呼之，终不应。至友归寓，则竟夕寂然。友颇自诧有禄相，故邪不敢干。偶日照李庆子借宿，酒阑以后，曲江与友皆就寝。李乘月散步空圃，见一翁携童子立树下，心知是狐，翳身窃睨其所为。童子曰：寒甚。且归房。翁摇首曰：董公同室固不碍，此君俗气逼人，那可共处。宁且坐凄风冷月间耳。李后泄其语于他友，遂渐为其人所闻。衔李次骨，竟为所排挤，狼狈负笈返。

【译文】

　　董曲江游学京城的时候，与一位朋友同居。这位朋友并非他的侣伴，只是为了节省一点住宿饮食的费用。室友追逐富贵，多数时间都是在外面住宿过夜。董曲江独自一人睡在斋中，夜间时常听到翻动书册或摸弄器玩古物的声响。他知道京城多狐，也不以为怪。一天夜晚，他把未完成的诗稿放在书桌上，好似听到了低微的吟哦声，曲江问是何人也没有回答。等天亮一看，稿上已经圈点了几句。然而，他多次呼问，始终没有应声。每当室友回来睡觉，就会寂静无声。室友感到非常惊奇，以为自己有福相，能够镇住邪气。一天，日照人李庆子偶来借宿，饮酒尽兴以后曲江和室友先后就寝。李庆子趁着月光散步，看见一位老翁领着一个小童立在树下。他心知是狐，于是躲藏起来偷看他们在做什么。小童说："太冷了，回屋去吧。"老翁摇头说："和董公同在一屋固然没有妨碍。可是他这位室友俗气逼人，哪能共处呢？我们宁可坐在冷月之下和凄风之中。"后来，李庆子把这件事泄露给了其他朋友，又辗转被董曲江的室友知道。他对李庆子恨之入骨；李庆子终于受到他排挤，背着书箱狼狈地回去了。

怕媳妇的狐仙

【原文】

　　先叔仪庵公，有质库在西城中，一小楼为狐所据。夜恒闻其语声，然不为人害，久亦相安。一夜，楼上诟谇鞭笞声甚厉，群往听之。忽闻负痛疾呼曰：楼下诸公，皆当明理，世有妇挞夫者耶？适中一人方为妇挞，面上爪痕犹未愈。众哄然一笑曰：是固有之，不足为怪。楼上群狐,亦哄然一笑,其斗遂解,闻者无不绝倒。仪庵公曰:此狐以一笑霁威,犹可与为善。

【译文】

先叔仪庵公,在西城有个当铺。那里有一座小楼,被狐仙占据,夜间经常听到他们的说话声,然而他们却不害人,长期以来人狐相安无事。一天夜晚,楼上传出一片很响的责骂鞭打的声音,楼下众人成群地凑近小楼去偷听。忽然听到楼上忍着痛高声疾呼:"楼下各位先生,都应该很明白道理,世上有媳妇鞭打丈夫的吗?"正好楼下的人群中有一个人刚挨过媳妇的打,脸上的抓痕还没痊愈,众人哄然一笑,回答说:"这事世上本来就有,不足为怪。"楼上群狐也哄然一笑,一场夫妇打斗也就随着笑声和解了。听到这件事情的人,没有一个不笑弯腰的。仪庵公说:"这个狐仙因为一笑而转怒为和,还是可以用善意来对待它。"

鬼怕好心人

【原文】

田村徐四,农夫也。父殁,继母生一弟,极凶悖。家有田百余亩,析产时,弟以赡母为词,取其十之八。曲从之。弟又择其膏腴者,亦曲从之。后弟所分荡尽,复从兄需索,乃举所分全付之,而自佃田以耕,意恬如也。一夜自邻村醉归,道经枣林,遇群鬼抛掷泥土,栗不敢行。群鬼啾啾渐逼近,比及觌面,皆悚然辟易,曰:乃是让产徐四兄。倏化黑烟四散。

【译文】

田村的徐四,是个农夫。父亲死后,继母生了一个弟弟,极为凶暴不近人情。家中共有一百多亩田地,分家时,弟弟以赡养母亲为借口,分取了十分之八,徐四委屈求全,没有争执。弟弟又选择好田占取,徐四也依了他。后来,弟弟把分得的田产荡卖干净，又向徐四索要。徐四就把自己的田地全部给了弟弟，自己租田耕种，心里怡然自得。一天夜晚，他从邻村喝醉酒回家。途中经过一片枣树林时，遇到一群鬼抛掷泥土，他吓得浑身发抖不敢往前走。群鬼啾啾地叫着，逐渐逼近了徐四，等看清徐四的面孔，又都惶恐地倒退起来，说："原来是谦让田产的徐四兄。"倏地化作黑烟四处散去。

鬼妻争大

【原文】

吴侍读颉云言，癸丑一前辈，偶忘其姓，似是王言敷先生，忆不甚真也，尝僦居海丰寺街。宅后破屋三楹，云有鬼，不可居。然不出为祟，但偶闻音响而已。一夕，屋中有诟谇声，伏墙隅听之，乃两妻争坐位。一称先来，一称年长，哓哓然不止。前辈不觉太息曰：死尚不休耶。再听之遂寂。夫妻妾同居，隐忍相安者，十或一焉。欢然相得者，千百或一焉。以尚有名分相摄也。至于两妻并立，则从来无一相得者，亦从来无一相安者。无名分以摄之，则两不相下，固其所矣。又何怪于嚚争哉！

【译文】

侍读吴颉云说：有一位前辈已忘记了他的姓，似乎是王言敷先生，回忆得很不准确。这位先生曾在海丰寺街租了一处宅院居住，宅后有破屋三间，据说有鬼，人不能住。他们并不出来危害人，只是偶尔听到声响罢了。一天夜晚，屋里传出来骂声。先生伏在墙角窃听，原来是两位妻子争名分，一个自称先来，一个自称年长，互不相让，争吵不休。这位先生情不自禁地长叹一声，说："死了还争夺不休呀？"再听，屋内就寂静无声了。妻妾同居，彼此克制忍耐和平共处的，十家中也许有一家；彼此关系和睦的，千百家中也许有一家，不过还有个名分在其中起着约束作用。至于两妻并立，从来就没有一家和睦相处、关系融洽的，也从来没有一家彼此安宁的。没有名分作制约，就会两不相让，这是必然形成的局面，又哪能怪她们吵闹纷争呢！

鬼魂揭穿奸情

【原文】

里妇新寡，狂且赂邻媪挑之，夜入其闼。阖扉将寝，忽灯光绿黯，缩小如豆。俄爆然一声，红焰四射，圆如二尺许，大如镜，中现人面，乃其故夫也。男女并嗷然仆榻下。家人惊视，其事遂败。或疑嫠妇堕节者众，何以此鬼独有灵？余谓鬼有强弱，人有盛衰。此本强鬼，又值二人之衰，故能为厉耳。其他茹恨黄泉，冤缠数世者，不知凡几，非竟神随形灭也。或又疑妖物所凭，作此变怪，是或有之。然妖不自兴，因人而兴，亦幽魂怨毒之气阴相感召，邪魅乃乘而假借之。不然，陶婴之室，何未闻黎丘之鬼哉！

【译文】

村里有位妇人丈夫刚刚死去，一个狂生即买通邻居老妇挑动她。狂生夜晚进入她的房间，关上门就要睡觉。忽然，灯光变得绿暗起来，缩小得像豆一样，接着猛地爆炸了一声，又大了起来，红色的火焰四处喷射，周圆有二尺左右，像一面大圆镜，其中现出一副人的面孔，是寡妇刚刚死去的丈夫。二人一看，齐声惨叫，双双仆倒床下。家人惊讶，前来察看，事情也就败露了。

有人对此事感到疑惑不解：寡妇失节的很多，为什么只有这个鬼显了灵？我认为鬼有强弱，人有盛衰。这个刚死的丈夫本是个强鬼，又恰值男女二人衰弱，所以能够对他们做出威吓。其他饮恨黄泉、含冤几世的鬼，也不知有多少，并不是就灵魂随着身体灭亡了。又有人怀疑这件事情是妖物掺进来，做出了变怪。我认为也有这种可能。可是，妖物并不自己兴妖作怪，而是因人而起。也是幽魂的怨气暗中感召了妖物，妖物才乘机而至，假借幽魂的面貌做出变怪。不然的话，鲁国陶婴的房子里，怎么没听说有黎丘的鬼魂呢？

因 果 报 应

【原文】

罗仰山通政，在礼曹时，为同官所轧，动辄掣肘，步步如行荆棘中。性素迂滞，渐恚愤成疾。一日，郁郁枯坐，忽梦至一山，花放水流，风日清旷，觉神思开朗，垒块顿消。沿溪散步，得一茅舍，有老翁延入小坐，言论颇洽。老翁问何以有病容？罗具陈所苦。老翁太息曰：此有夙因，君所未解。君七百年前为宋黄筌，某即南唐徐熙也。徐之画品，本居黄上，黄恐夺供奉之宠，巧词排抑，使沉沦困顿，衔恨以终。其后辗转轮回，未能相遇。今世业缘凑合，乃得一快其宿仇。彼之加于君者，即君之曾加于彼者也。君又何憾焉？大抵无往不复者，天之道。有施必报者，人之情。既已种因，终当结果。其气机之感，如磁之引针，不近则已，近则吸而不解。其怨毒之结，如石之含火，不触则已，触则激而立生。其终不消释，如疾病之隐伏，必有骤发之日。其终相遇合，如日月之旋转，必有交会之缠。然则种种害人之术，适以自害而已矣。吾过去生中，与君有旧。因君未悟，故为述忧患之由，君与彼已结果矣。自今以往，慎勿造因可也。罗洒然有省，胜负之心顿尽。数日之内，宿疾全除。此余十许岁时，闻霍易书先生言。或曰，是卫公延璞事，先生偶误记也。未知其审，并附识之。

【译文】

通政罗仰山在礼曹做官时，受到同僚的排挤，一举一动都受牵制，每一迈步都似走在荆棘丛中。他的性格一向迂腐呆板，便渐渐积愤成疾。一天，他闷闷不乐地坐着，忽然做梦来到一座山中。山中水流花开，风光宜人。罗仰山顿时觉得心旷神怡，郁闷全消。他沿着小河散步，来到一座茅屋跟前。有位老翁请他入座，二人谈得很投机。老翁问他怎么像生病的样子，他向老翁详细陈述了自己的苦境。

老翁长叹说："这是前世的因缘，是您所不能理解的。您七百年前是宋朝的黄筌，您的同僚对头就是南唐的徐熙。徐熙的画品，本来高出黄筌之上，但黄筌恐怕他夺走自己的供奉之宠，就巧词排斥压抑，致使徐熙贫困落魄，饮恨而死。以后辗转轮回，二人始终没有相遇的机会。今生业缘凑合，徐熙才得机报其宿仇。他加在您身上的不幸，正是您曾经加在他身上的不幸，您又有什么可怨恨的呢！世上的事情，大体上没有往而不复的。往而必复，这是天道；有恩必报，这是人情。既然已经种上因，终究是要结出果。因果气机的感应，如同磁石吸针，没有靠近也就罢了，一旦靠近就会牢吸不离。怨恨的产生，如同火石含火，不触则已，一触就会生出火花。仇冤一直不化解，就像隐伏的疾病一样，必然会有骤然发作的那一天。冤家终究要相逢，就像旋转的日月一样，必然会有互相交会的那一刻。可见，种种害人之术，恰好是用来害自己的啊！我在以往的生涯中与您有过旧交，由于您没醒悟，所以给您叙述了忧患的根本来由。您与他的冤仇已经了结，从今以后，小心不要再造祸端就可以了。"罗仰山听后，轻松地解除了思想症结，得失成败的心思顿时一干二净。几天之内，平常积成的疾病就彻底消失了。

这是我大约十多岁时，听霍易书先生讲的。有人说："这是卫延璞的事，霍易书先生偶尔记错了。"不知道它的真实情况，一并附记下来。

鬼　讼

【原文】

田白岩言，康熙中，江南有征漕之案，官吏伏法者数人。数年后，有一人降乩于其友人家，自言方在冥司讼某公。友人骇曰：某公循吏，且其总督两江，在此案前十余年，何以无故讼之？乩又书曰：此案非一日之故矣。方其初萌，褫一官，窜流一二吏，即可消患于未萌。某公博忠厚之名，养痈不治，久而溃裂，吾辈遂遘其难。吾辈病民蛊国，不能仇现在之执法者也。追原祸本，不某公之讼而谁讼欤？书讫，乩遂不动。迄不知九幽之下，定谳如何。《金人铭》曰：涓涓不壅，终为江河；毫末不札，将寻斧柯。古圣人所见远矣。此鬼所言，要不为无理也。

【译文】

田白岩说：康熙年间，江南发生一起惩办漕运舞弊的狱案，有几位官吏被依法判处死刑。

几年后，被杀官吏中，有一个人的魂魄乘朋友家扶乩请神的机会，降临朋友家，他说自己刚在阴间状告了某公。朋友吃惊地说："某公是个守法循理的好官，况且他做两江总督后十多年才发生此案，为什么无缘无故要状告他呢？"鬼魂借助乩架写道："这件狱案并不是一天酿成的。最初发生的时候，撤掉一个官，流放一两个吏，也就可以预先消除祸患。可是，某公为了博取忠厚长者的名声，宽养痈疮不医治，天长日久，终于溃烂，我们这批人也就遭了杀头之祸。我们祸国殃民，不能仇恨现在的执法人。追究遭灾的根源，不控告某公又控告谁呢？"说完，乩架就不动了。至今不知道九泉之下对此案是如何审定的。

《金人铭》说："涓涓不壅，将为江河；毫末不札，将寻斧柯。"古人的眼光看得远啊！这个鬼魂所说的话，也不能说没有道理。

狐　妾

【原文】

张铉耳先生之族，有以狐女为妾者，别营静室居之。床帷器具，与人无异，但自有婢媪，不用张之奴隶耳。室无纤尘，惟坐久觉阴气森然。亦时闻笑语，而不睹其形。张故巨族，每姻戚宴集，多请一见，皆不许。一日，张固强之，则曰某家某娘子犹可，他人断不可也。入室相晤，举止娴雅，貌似三十许人。诘以室中寒凛之故，曰：娘子自心悸耳，室故无他也。后张诘以独见是人之故，曰：人阳类，鬼阴类。狐介于人鬼之间，然亦阴类也。故出恒以夜。白昼盛阳之时，不敢轻与人接也。某娘子阳气已衰，故吾得见。张惕然曰：汝日与吾寝处，吾其衰乎？曰：此别有故。凡狐之媚人有两途。一曰蛊惑，一曰夙因。蛊惑者，阳为阴蚀，则病。蚀尽则死。夙因则人本有缘，气自相感，阴阳翕合，故可久而相安。然蛊惑者十之九，夙因者十之一。其蛊惑者，亦必自称夙因。但以伤人不伤人，知其真伪耳。后见之人，果不久下世。

【译文】

张铉耳先生的同族中，有个娶狐女做妾的人。他另外修建了一所清静的居室，专供狐妾居住。狐妾的床上用品与常人没有什么不同，只是她自有婢女和老妇侍奉，不用张氏的家奴罢了。狐妾的居室内干净整洁一尘不染，只是人在室中坐的时间稍微一久，便觉得阴气森森；人们时常也能听到狐妾的欢声笑语，可是却看不到她的形貌。张氏本来是大族，亲友很多，每次宴会，都有不少亲友请狐妾让他们见一面，狐妾都没答应。一天，在亲友的强烈要求下，狐妾的丈夫也一定坚持要她与亲友见一面。狐妾说："除了某家某娘子，其他一律不见。"于是，这位狐妾点名的娘子进入狐妾居室与她相见。狐妾举止娴雅，看相貌大约三十岁左右。娘子问她室内寒冷的原因，狐妾说："是娘子自己心里害怕，这房子其实并无特殊之处。"后来，丈夫问她为什么单单要见这位娘子。狐妾说："人是阳类，鬼是阴类，狐介于人鬼之间，不过也是属于阴类。所以狐常在夜间出来活动，光天化日，不敢轻易与人接触。这位娘子的阳气已衰，因此我可以和她相见。"

丈夫害怕地问："我每天与你相处共寝，难道我的阳气也衰了么？"狐妾解释说："这另有原因。凡狐博取人爱有两种情况：一种叫蛊惑，一种叫夙因。人受到狐的蛊惑，阳气被阴气侵蚀，就会生病，一旦阳气被侵蚀干净，就会死亡。夙因是人狐本有缘分，二气相感，阴阳调和，因此可以长久相安。不过，狐与人相交，蛊惑的占十分之九，夙因的仅占十分之一。当然，蛊惑的也一定要冒称出于夙因，但是可以通过是否伤人辨别真伪。"后来见她的某娘子果然不久就去世了。

胆怯见鬼

【原文】

　　肃宁老儒王德安，康熙丙戌进士也，先姚安公从受业焉。尝夏日过友人家，爱其园亭轩爽，欲下榻于是，友人以夜有鬼物辞。王因举所见一事曰：江南岑生，尝借宿沧州张蝶庄家。壁张钟馗像，其高如人。前复陈一自鸣钟。岑沉醉就寝，皆未及见。夜半酒醒，月明如昼，闻机轮格格，已诧甚；忽见画像，以为奇鬼，取案上端砚仰击之。大声砰然，震动户牖。僮仆排闼入视，则墨沈淋漓，头面俱黑；面前钟及玉瓶磁鼎，已碎裂矣。闻者无不绝倒。然则动云见鬼，皆人自胆怯耳，鬼究在何处耶？语甫脱口，墙隅忽应声曰：鬼即在此，夜当拜谒，幸勿以砚见击。王默然竟出。后尝举以告门人曰：鬼无白昼对语理，此必狐也。吾德恐不足胜妖，是以避之。盖终持无鬼之论也。

【译文】

　　肃宁县老儒王德安，是康熙四十五年的进士，先父姚安公曾经跟从他读书学习。

　　一年夏天，王老先生去朋友家里做客，喜欢他家园亭宽敞凉爽，晚上想睡在园亭。友人解释说园亭夜里有鬼怪作祟，不宜留宿。王老先生见友人不同意，便举出他自己亲眼见到的一件事："江南岑生，曾在沧州张蝶庄家借宿。墙壁上张挂着钟馗的画像，与真人一般高；画像前陈放着一个自鸣钟。岑生饮酒饮得酩酊大醉，进屋就睡着了。半夜岑生酒醒，月光明亮如白昼，听到机轮格格的响声，已经感到十分诧异；又忽然看见钟馗画像，认为是一奇鬼。抓起案头的端砚就向钟馗打去。一声巨响，震动了门窗。僮仆们进来一看，见岑生头面俱黑，墨汁淋漓；画像前的自鸣钟和玉瓶磁鼎，已经全部碎裂。听说的人都笑得前仰后合。可见，动不动就说见鬼，都不过是人自己胆怯罢了，鬼究竟在哪里呢？"

王老先生这句话刚出口，墙角忽然应声回答："鬼就在这里，夜间当拜访先生，希望先生不要用砚石砸我。"王老先生默然无语，急忙退出园亭。后来，他曾举这件事对门人说："白天和人对话的，这必定是狐妖。我们德行恐怕还不足胜妖，因此要躲避。"这话的意思是始终要坚持无鬼论。

阴间受罚

【原文】

余在乌鲁木齐时，一日，报军校王某，差运伊犁军械。其妻独处，今日过午，门不启。呼之不应，当有他故。因檄迪化同知木金泰往勘。破扉而入，则男女二人共枕卧，裸体相抱，皆剖裂其腹死。男子不知何自来，亦无识者。研问邻里，茫无端绪。拟以疑狱结矣。是夕，女尸忽呻吟，守者惊视，已复生。越日能言，自供与是人幼相爱，既嫁犹私会，后随夫驻防西域，是人念之不释，复寻访而来。甫至门，即引入室，故邻里皆未觉。虑暂会终离，遂相约同死。受刃时痛极昏迷，倏如梦觉，则魂已离体。急觅是人，不知何往，惟独立沙碛中，白草黄云，四无边际。正彷徨间，为一鬼缚去。至一官府，甚见诘辱。云是虽无耻，命尚未终，叱杖一百，驱之返。杖乃铁铸，不胜楚毒，复晕绝。及渐苏，则回生矣。视其股，果杖痕重叠。驻防大臣巴公曰：是已受冥罚，奸罪可勿重科矣。余乌鲁木齐杂诗有曰：鸳鸯毕竟不双飞，天上人间旧愿违。白草萧萧埋旅榇，一生肠断华山畿。即咏此事也。

【译文】

我在乌鲁木齐时，一天，有人报告说军校王某到伊犁出差运送军械，他的妻子在家里独居。过了中午，门还没开，呼叫也不应声，怀疑有什么事故。于是传告迪化同知木金泰前往探察。破门进屋，见一对男女同床共枕，赤身裸体，拥抱在一起肚子都被刀割裂开死了。男子不知来自何处，也没人认识。追问邻里，邻里也茫然不知，说不出头绪。因为没有线索，所以打算以疑难案件暂时结案。可是当天晚上女尸忽然呻吟起来，守尸的人非常惊讶，仔细一看，原来是已经起死复生了。

两天后她已能够说话。她自供与那个男人自幼相爱，出嫁以后也还是与他私会。后来她随丈夫驻防西域，这个人仍念念不忘，也一路寻访前来。刚到门前，就被她领进了内室，所以邻里都没发觉。他们考虑暂时相会终要离别，于是就相约一起自杀。她在腹胸接受刀刃的时候，疼得昏迷过去，恍然如梦，魂魄就离开了躯体。急忙寻找她的情夫，却不知他到哪里去了。她独自站立在沙漠中，白草黄云，四处望望，不着边际，不知应该朝哪个方向走。正在徬徨的时候，被一个鬼缚捆去，来到一所官府。在官府中，她受到责问和羞辱，说她与情人通奸虽然是不知羞耻，可命不该绝；叱命杖打一百，驱逐她返回阳间。杖是铁铸的，疼痛难忍，又晕死过去。等慢慢醒来的时候，自己就又复活了。检查她的两股，果然是杖痕重叠。驻防大臣巴公说："她已经受到冥司的惩罚，通奸的罪责就不要再惩处了。"

我的乌鲁木齐杂诗中有一首说："鸳鸯毕竟不双飞，天上人间旧愿违。白草萧萧埋旅榇，一生肠断华山畿。"诗的内容就是说的这件事。

风　雅　鬼

【原文】

朱青雷言，尝与高西园散步水次，时春冰初泮，净绿瀛溶。高曰：忆晚唐有"鱼鳞可怜紫，鸭毛自然碧"句。无一字言春水，而晴波滑笏之状，如在目前，惜不记其姓名矣。朱沉思未对，闻老柳后有人语曰：此初唐刘希夷诗，非晚唐也。趋视无一人。朱悚然曰：白日见鬼矣。高微笑曰：如此鬼，见亦大佳，但恐不肯相见耳。对树三揖而行。归检刘诗，果有此二语。余偶以告戴东原，东原因言有两生烛下对谈，争《春秋》周正夏正，往复甚苦。窗外忽太息言曰：左氏周人，不容不知周正朔，二先生何必词费也。出视窗外，惟一小僮方酣睡。观此二事，儒者日谈考证，讲曰若稽古，动至十四万言。安知冥冥之中，无在旁揶揄者乎。

【译文】

　　朱青雷说：他曾与高西园在水边散步，时值早春，冰冻初融，碧波荡漾。高西园说："记得晚唐有句诗：'鱼鳞可怜紫，鸭毛自然碧。'虽然没有一字言及春水，但是晴天时水波荡漾的情景，如在眼前。可惜忘记了作者的姓名。"朱青雷沉思没有答话，却听到老柳树后有人说："这是初唐刘希夷的诗，不是晚唐。"二人急忙来到柳树后，树后并无一人。朱青雷恐惧地说："白天见鬼了。"高西园却微笑着说："能遇到这样的鬼也实属幸运，只是恐怕不肯出来与我们相见。"拱手对树行了三揖，告别而归。回来后查阅刘希夷的诗，果然有这两句。

　　我偶尔将这件事告诉了戴东原，东原接着又讲了一件事：有两位书生在灯烛下相对谈论，争辩《春秋》的周正和夏正问题，唇枪舌战，你来我往，僵持不下。窗外忽然长叹一声说："左氏是周人，不会不知道周历的正朔。二位先生何必要这样浪费唇舌呢？"二生到窗外一看，只有一个小书僮在酣睡。

　　通过这两件事可以看出，儒生们天天谈论考证，讲"曰若稽古"，动不动就用十四万字进行解释。如何知道冥冥之中，就没有人在一旁嘲笑的呢？

知书达礼的鬼魂

【原文】

　　姚安公在滇时，幕友言署中香橼树下，月夜有红裳女子靓妆立，见人则冉冉没土中。众议发视之。姚安公携卮酒浇树下，自祝之曰：汝见人则隐，是无意于为祟也，又何必屡现汝形，自取暴骨之祸？自是不复出。又有书斋甚轩敞，久无人居。舅氏安公五章，时相从在滇，偶夏日裸寝其内，梦一人揖而言曰：与君虽幽明异路，然眷属居此，亦有男女之别。君奈何不以礼自处。矍然醒，遂不敢再往。姚安公尝曰：树下之鬼，可谕之以理；书斋之魅，能以理谕人。此郡僻处万山中，风俗质朴，浑沌未凿，故异类亦淳良如是也。

【译文】

姚安公在云南时，幕友说每逢明月夜都会有一浓妆艳抹的红衣女子站在官署中的香橼树下，看见人就慢慢没入土中。众人提议说挖出来看看。姚安公携带酒具来到树前，将酒浇在树下，亲自祝告："你见到人就隐藏起来，可见是无意害人；但又何必多次现身树下，自取暴露尸骨的灾祸呢？"从此以后，女子再未出现。署中还有一间书斋，非常宽敞，长期没人居住。当时舅氏安五章随从先父姚安公在云南署中，夏天偶尔一次在里面裸睡。梦见一人对他作揖说："我与君尽管人鬼不同，但我的眷属在这里，也还是应该有男女之别的。您为什么如此不注意礼节呢？"舅氏猛地醒过来，再也没敢前往书斋。姚安公曾说："树下的鬼，可以谕之以理；书斋的魅，却能以理谕人。姚安偏僻，地处万山之中，风俗淳朴，所以异类精灵们也这样淳朴善良。"

悍　妇

【原文】

佃户曹二，妇悍甚，动辄诃詈风雨，诟谇鬼神。邻乡里闾，一语不合，即揎袖露臂，携二捣衣杵，奋呼跳掷如虓虎。一日，乘阴雨出窃麦，忽风雷大作，巨雹如鹅卵，已中伤仆地。忽风卷一五斗栲栳，堕其前，顶之得不死。岂天亦畏其横欤。或曰：是虽暴戾，而善事其姑。每与人斗，姑叱之辄弭伏。姑批其颊，亦跪而受。然而遇难不死有由矣。孔子曰：夫孝，天之经也，地之义也。岂不然乎？

【译文】

　　佃户曹二的妻子凶暴蛮横,动不动就责风斥雨,辱骂鬼神;乡亲邻里与她一言不合,就挽袖露臂,手持两根捣衣杵,大呼小叫,上蹿下跳,如同母虎。一天,她乘阴雨之机到田间去偷小麦。忽然风雷大作,鹅卵大的冰雹从天而降,她当即就被击伤仆倒地上。忽然风又卷来一个大柳筐,坠落在面前。她把柳筐顶在头上,才没被冰雹砸死。难道天也害怕她的蛮横无理吗?有人说:"这个妇人虽然凶暴,但对婆母十分孝顺。每次与人争斗,婆母一呵斥,她就老实了;婆母掌击她的面颊,她也能跪在地上接受。"那么,她遇难不死,也是有原因的了。孔子说:"夫孝,天之经也,地之义也。"难道不是这样吗!

白日见鬼

【原文】

　　里人王驴耕于野,倦而枕块以卧。忽见肩舆从西来,仆马甚众,舆中坐者先叔父仪南公也。怪公方卧疾,何以出行? 急近前起居,公与语良久,乃向东北去。归而闻公已逝矣。计所见仆马,正符所焚纸器之数。仆人沈崇贵之妻,亲闻驴言之。后月余,驴亦病卒。知白昼遇鬼,终为衰气矣。

【译文】

　　村人王驴在田野耕地,累了,躺在地上休息。忽见有一轿子从西而来,仆从马匹众多,而轿中所坐之人是先叔父仪南公。当时仪南公卧病在床,因此,他对仪南出行感到奇怪。他急忙起身上前问候。仪南公与他说了一会儿话,就朝东北去了。王驴回村以后,才听说仪南公已经逝世。他计算了一下他所见到的仆从马匹,与仪南公家人所焚烧的纸器数恰好一致。仆人沈崇贵的妻子,亲耳听到了王驴的叙述。此后一个多月,王驴也得病死了。人们这才恍然大悟,王驴白日见鬼的原因是阳气已经衰败了。

义　犬

【原文】

　　余在乌鲁木齐，畜数犬。辛卯赐环东归，一黑犬曰四儿，恋恋随行，挥之不去，竟同至京师。途中守行箧甚严，非余至前，虽僮仆不能取一物。稍近，辄人立怒啮。一日，过辟展七达坂（达坂译言山岭，凡七重，曲折陡峻，称为天险），车四辆，半在岭北，半在岭南。日已曛黑，不能全度。犬乃独卧岭巅，左右望而护视之，见人影辄驰视。余为赋诗二首曰：归路无烦汝寄书，风餐露宿且随予。夜深奴子酣眠后，为守东行数辆车。空山日日忍饥行，冰雪崎岖百廿程。我已无官何所恋，可怜汝亦太痴生。纪其实也。至京岁余，一夕，中毒死。或曰奴辈病其司夜严，故以计杀之，而托词于盗。想当然矣。余收葬其骨，欲为起冢，题曰义犬四儿墓。而琢石象出塞四奴之形，跪其墓前，各镌姓名于胸臆。曰赵长明，曰于禄，曰刘成功，曰齐来旺。或曰：以此四奴置犬旁，恐犬不屑。余乃止。仅题额诸奴所居室，曰师犬堂而已。初翟孝廉赠余此犬时，先一夕梦故仆宋遇叩首曰：念主人从军万里，今来服役。次日得是犬，了然知为遇转生也。然遇在时，阴险狡黠，为诸仆魅。何以作犬反忠荩，岂自知以恶业堕落，悔而从善欤？亦可谓善补过矣。

【译文】

　　我在乌鲁木齐时，养了几条狗。辛卯年离开乌鲁木齐东归，一条名叫四儿的黑狗，恋恋不舍地跟随队伍前行，驱赶也不回去，竟随同队伍到达京城。四儿一路上严格守护行装，不是我亲自上前，谁都不能取出一物。其他人稍微靠近，它就像人一样站立怒咬。一天，经过辟展的七达坂，这是一个非常陡峻的险要地带。四辆车子，一半在岭北，一半在岭南，天已漆黑，不能全部过岭集中一处。四儿于是就卧在岭巅，前后张望，左右兼顾，一见人影就奔驰察视。我曾为四儿赋诗二首："归路无烦汝寄书，风餐露宿且随予。夜深奴子酣眠后，为守东行数辆车。""空山日日忍饥行，冰雪崎岖百廿程。我已无官何所恋，可怜汝亦太痴生。"就是记录的这一事实。

到达京城一年多后，一天晚上，四儿中毒死去。有人说："家奴们嫌它守夜太严，因此用计把它杀死，而推说是盗贼毒死的。"这是想当然了。我收葬了四儿的尸骨，打算为它起个坟，题字"义犬四儿墓"；然后再雕琢成随我出塞的四个家奴的石像，跪在四儿墓前，在他们的胸前分别刻上他们的姓名，依次叫赵长明、于禄、刘成功、齐来旺。有人说："将这四个家奴安置在四儿墓旁，恐怕狗还嫌他们不够格。"于是，我就打消了这一念头，仅在家奴们的住室上题写了"师犬堂"三字。

起初瞿孝廉赠送我这条狗的前一天夜晚，我梦见已故的仆人宋遇向我叩头说："我思念主人从军万里，现在前来服役。"第二天，得到四儿，因此清楚地知道这是宋遇转生。然而，宋遇生前阴险狡黠，是群仆的罪魁祸首，为何做狗以后反而忠心耿耿呢？难道是他自知堕落，悔而从善吗？若是这样，也可谓是以善补过了。

鬼戏林鬼

【原文】

沧州瞽者刘君瑞，尝以弦索来往余家，言其偶，有林姓者。一日薄暮，有人登门来唤，曰：某官舟泊河干，闻汝善弹词，邀往一试，当有厚贽。即促抱琵琶，牵其竹杖导之往。约四五里，至舟畔。寒温毕，闻主人指挥曰：舟中炎热，坐岸上奏技，吾倚窗听之可也。林利其赏，竭力弹唱。约略近三鼓，指痛喉干，求滴水不可得。侧耳听之，四围男女杂坐，笑语喧嚣，觉不似仕宦家，又觉不似在水次。辍弦欲起，众怒曰：何物盲贼，敢不听使令！众手交捶，痛不可忍，乃哀乞再奏。久之，闻人声渐散，犹不敢息。忽闻耳畔呼曰：林先生何故日尚未出，坐乱冢间演技，取树下早凉耶？矍然惊问，乃其邻人早起贩鬻过此也。知为鬼弄，狼狈而归。林姓素多心计，号曰林鬼，闻者咸笑曰：今日鬼遇鬼也。

【译文】

沧州盲人刘君瑞，常往来我家弹唱。他说：有一个伙伴，姓林。一天傍晚，有人登门呼唤林氏，说："某官的船停在河岸，听说你擅长弹词，请你去一趟，当有厚赏。"林氏急忙抱起琵琶，牵着他的竹杖引导他前往。大约走了四五里，来到了河岸船旁。与主人相互问候以后，就听主人指挥说："船中炎热，坐在岸上演奏，我靠着船窗听好了。"林氏贪图赏钱，使尽平生技艺进行弹唱。约近三更的时候，手指弹痛了，喉咙也唱干了，想要口水喝，可是没人给。他侧耳一听，四周男女杂坐，笑语喧嚣，觉得既不像是官宦人家，又不像是在河边。于是停止弹唱，起身站立。听众恼怒地说："盲贼是个什么东西，竟敢不听我们使唤！"拳脚相加，疼得他难以忍受，只得继续弹唱下去。

过了好久，听到人声逐渐散去，他还没敢停止。忽然听到耳旁有人喊道："林先生为什么太阳还没出来，就坐在乱坟中演习技艺了，是觉得早晨树下凉爽吧？"他一问，才知道是邻里起早贩卖路过此地。心里顿时明白自己受到了鬼的捉弄，狼狈地返回家中。林氏向来心计很多，号称"林鬼"。听到这件事情的人都笑着说："今天是鬼遇见鬼了。"

不惧巨面怪

【原文】

南皮许南金先生，最有胆。在僧寺读书，与一友共榻。夜半，见北壁燃双炬。谛视，乃一人面出壁中，大如箕，双炬其目光也。友股栗欲死。先生披衣徐起曰：正欲读书，苦烛尽。君来甚善。乃携一册背之坐，诵声琅琅。未数页，目光渐隐；拊壁呼之，不出矣。又一夕如厕，一小童持烛随。此面突自地涌出，对之而笑。童掷烛仆地。先生即拾置怪顶，曰：烛正无台，君来又甚善。怪仰视不动。先生曰：君何处不可往，乃在此间？海上有逐臭之夫，君其是乎？不可辜君来意。即以秽纸拭其口。怪大呕吐，狂吼数声，灭烛而没。自是不复见。先生尝曰：鬼魅皆真有之，亦时或见之；惟检点生平，无不可对鬼魅者，则此心自不动耳。

【译文】

　　南皮的许南金先生，胆子很大。他在寺院读书，与一位友人同睡一张床上。半夜，见北墙壁上燃起了两支灯炬。仔细一看，原来是一幅巨人面孔从墙壁里伸出来，像簸箕那样大，两支灯炬就是双目发出的光芒。友人两腿发抖，吓得要死。许先生披上衣服，起来慢吞吞地说："正想读书，苦于蜡烛已经点完了。您来得正好。"于是拿起一册书，背向墙壁坐好，琅琅吟诵起来。没有读完几页，目光渐渐隐去。他拍着墙壁呼唤，巨人面没有出来。

　　还有一天夜里到厕所，一个小童拿着蜡烛陪同。巨人面又突然从地上冒出来，对着他们笑。小童吓得扔掉灯烛仆倒在地。许先生拾起蜡烛放在巨面怪的头顶，说："蜡烛正没有烛台，您来得正是时候。"巨面怪仰面看着许先生一动也不动。许先生说："您哪里不可以去，非要在这里？海上有追逐臭味的人难道就是您吗？那么，不能辜负您的来意。"说罢，就拿起一团厕所的秽纸朝巨面怪的口擦去。巨面怪呕吐起来，狂吼了几声，就熄灭蜡烛消失了。从此，再没出现。

　　许南金先生曾说："鬼魅都是确实存在的，也时而亲眼见过；只要自身检点，没有做过不可面对鬼魅的恶事，所以我心中无愧，自然也不受到惊吓。"

隐　　鬼

【原文】

　　戴东原言，明季有宋某者，卜葬地，至歙县深山中。日薄暮，风雨欲来，见岩下有洞，投之暂避。闻洞内人语曰：此中有鬼，君勿入。问汝何以入。曰：身即鬼也。宋请一见。曰：与君相见，则阴阳气战，君必寒热小不安。不如君爇火自卫，遥作隔座谈也。宋问君必有墓，何以居此。曰：吾神宗时为县令，恶仕宦者，货利相攘，进取相轧，乃弃职归田。殁而祈于阎罗，勿轮回人世。遂以来生禄秩，改注阴官。不虞幽冥之中，相攘相轧，亦复如此，又弃职归墓。墓居群鬼之间，往来嚣杂，不胜其烦。不得已，避居于此。虽凄风苦雨，萧索难堪，较诸宦海风波，世途机阱，则如生忉利天矣。寂历空山，都忘甲子。与鬼相隔者，不知几年。与人相隔者，更不知几年。自喜解脱万缘冥心造化，不意又通人迹，明朝当即移居。武陵渔人，勿再访桃花源也。语讫，不复酬对。问其姓名，亦不答。宋携有笔砚，因濡墨大书鬼隐两字于洞口而归。

【译文】

戴东原说：明朝末年，有位宋某，为了选择墓地，走进歙县深山中。傍晚时，天色突变，突然下起雨来。他见岩石下有个山洞，连忙钻进去暂避风雨。刚一进去就听见洞内有人说："这里面有鬼，先生不要进来。"宋某问："那你为什么进来了呢？"洞内回答："我就是鬼呀！"宋某要求与鬼会面。鬼说："我阴气很重，你充满阳气，我们相见，阴阳二气发生冲突，必定造成先生忽冷忽热，会不舒服。不如先生点起一堆火来，保护自己，让我们远隔叙谈吧。"

宋某问："君必定是有墓室的，为何住到这里来了呢？"鬼说："我在神宗的时候做县令，厌恶官场的人们为获得钱财彼此争夺，为加官进爵互相排挤，便辞退官职，回家种田去了。死后请求阎罗，不要再让我转生人世，于是阎罗就根据我转生后应得的官职，在阴间安排了个相应的官。不料阴间官场的争斗排挤与人世上完全一样，于是我又抛弃官职回到了墓地。我的墓室处在群鬼的住所中间，往来嘈杂，不胜其烦，迫不得已才躲避到这里来。这里虽然凄风苦雨，冷落萧索，比起官场上的风波和人世的陷阱来，就像升入天堂。在这寂寞的空山里，忘记了岁月的流逝。与群鬼隔绝开，不知道有多少年了；与人世隔绝，更不知道有多少年了。暗自庆幸解脱了一切纷扰，独自享受着大自然的奥妙。不想先生来到这里，使我又与世人接触，明天我必须搬到别的地方去住。先生也不必做武陵渔人，再来此地了。"说到这里，鬼便不再言语。问他姓名，也不回答。宋某随身带有笔砚，于是研墨润笔，在洞口书写了"鬼隐"两个大字，返回家去。

柴垛里的狐仙

【原文】

先祖有庄，曰厂里，今分属从弟东白家。闻未析箸时，场中一柴垛，有年矣。云狐居其中，人不敢犯。偶佃户某，醉卧其侧，同辈戒勿触仙家怒。某不听，反肆詈，忽闻人语曰：汝醉，吾不较，且归家睡可也。次日，诣园守瓜，其妇担饭来馌，遥望团焦中，一红衫女子与夫坐，见妇惊起，仓卒逾垣去。妇故妒悍，以为夫有外遇也，愤不可忍，遽以担痛击。某百口不能自明，大受捶楚。妇手倦稍息，犹喃喃毒詈。忽闻树梢大笑声，方知狐戏报之也。

【译文】

先祖有处田庄，名叫厂里，如今归堂弟东白所有。听说没分家时，场中有个柴垛，已经有了年数，据说有狐居住其中，没人敢触犯。一天，有位佃户喝醉酒，躺在了柴垛边，其他佃户告诫他不要触惹狐仙生气。佃户不听，反而破口大骂。忽然听到垛内传出声音："你醉了，我不计较。还是回家去睡吧。"

第二天，佃户去地里看守瓜田，佃户妻子肩挑饭担给他前来送饭。妻子远远看见有一个红衫女子，正在瓜棚中与丈夫坐在一处。红衫女一见佃户妻子，惊慌起身，急忙逃走了。妻子原本嫉妒、凶悍，以为丈夫有了外遇，愤不可忍，抡起扁担就向丈夫痛击。佃户无以争辩，饱受一顿痛打。妻子打累了，停下来稍作休息，嘴里还在不住地大骂。忽然闻听树梢上响起开心的笑声，这才明白是狐仙捉弄报复他。

装鬼被鬼吓

【原文】

妖由人兴，往往有焉。李云举言，一人胆至怯，一人欲戏之。其奴手黑如墨，使藏于室中，密约曰：我与某坐月下，我惊呼有鬼，尔即从窗隙伸一手。届期呼之，突一手探出，其大如箕，五指挺然如舂杵。宾主俱惊，仆众哗曰：奴其真鬼耶？秉炬持杖入，则奴昏卧于壁角，救之苏，言暗中似有物，以气嘘我，我即迷闷。族叔楘庵言，二人同读书佛寺，一人灯下作缢鬼状，立于前，见是人惊怖欲绝，急呼是我，尔勿畏。是人曰：固知是尔，尔背后何物也？回顾乃一真缢鬼。盖机械一萌，鬼遂以机械之心，从而应之。斯亦可为螳螂黄雀之喻矣。

【译文】

妖由人兴，这种事情经常出现。李云举说：一个人胆子极小，另一个人想跟他开个玩笑，就让一位手黑如墨的家奴藏在室内，秘密吩咐他说："我与某人坐在月亮下面，我一惊呼有鬼，你就从窗隙中伸出一只手来。"到了约定的时候，他刚一惊叫，突然伸出一只大手，手掌像簸箕，五指像棒杵。宾主二人全都大吃一惊。院中的众家仆知道主人预约的事情，七嘴八舌地疑问说："某奴真是鬼吗？"他们手持火把，带上兵器进入室内，见家奴昏卧在墙角。救醒以后，家奴说："黑暗之中，什么也看不清，觉得好像有东西用气嘘我，我就昏迷了。"

族叔楘庵说：二人在佛寺中共同读书，一个人在灯下扮成吊死鬼的模样，立在同伴面前；见同伴吓得要死，急忙呼叫说："是我，你不要害怕。"同伴说："我知道是你，可你背后又是什么呢？"他回头一看，原来背后站着一个吊死鬼。大概心灵的机诈一萌动，鬼就乘机诈之心而付诸实现了。这也就像螳螂捕蝉，黄雀在后的故事一样。

陈太夫人

【原文】

先祖宠予公,原配陈太夫人,早卒。继配张太夫人,于归日,独坐室中,见少妇揭帘入,径坐床畔。著元帔黄衫淡绿裙,举止有大家风。新妇不便通寒温,意谓是群从娣姒,或姑姊妹耳。其人絮絮言家务得失,婢媪善恶皆委曲周至。久之,仆妇捧茶入,乃径出。后阅数日,怪家中无是人,细诘其衣饰,即陈太夫人敛时服也。死生相妒,见于载籍者多矣。陈太夫人已掩黄垆,犹虑新人未谙料理,现身指示。无问幽明,此何等居心乎?今子孙登科第,历仕宦者,皆陈太夫人所出也。

【译文】

先祖宠予公,原配陈太夫人,很早去世。继配张太夫人。张太夫人成婚这天,独自坐在新房中,见一位少妇揭帘进屋,径自坐在了床边。她身穿淡绿裙,着玄帔黄衫,言谈举止,颇有大户人家的风度。张太夫人作为新娘,不便多言,心想不是堂兄嫂堂弟媳就是大姑小姑等姊妹,也没放在心上。这位少妇对张太夫人滔滔不绝地说起了家务得失,连每个婢女和老妇的长处短处,脾气秉性,都一一做了介绍。过了许久,仆妇端茶进屋,她才自己出去了。

后来过了几天,张太夫人发现家中没有此人,感到很奇怪。家人们向她盘问其人的衣着,正是陈太夫人入殓时所穿的。情敌无论是生是死,也要互相妒忌,这在古书上见得多了。可是,陈太夫人已经含笑九泉,还在担心新人不熟悉家务料理,现身进行指示,这是何等居心呵?现今宠予公儿孙辈凡是登科第、历仕宦的,都是陈太夫人的后代子孙。

知 错 就 改

【原文】

　　王兰洲尝于舟次买一童,年十三四,甚秀雅,亦粗知字义。云父殁,家中落,与母兄投亲不遇,附舟南还。行李典卖尽,故鬻身为道路费。与之语,羞涩如新妇,固已怪之。比就寝,竟弛服横陈。王本买供使令,无他念,然宛转相就,亦意不自持。已而童伏枕暗泣。问汝不愿乎? 曰不愿。问不愿何以先就我? 曰:吾父在时,所畜小奴数人,无不荐枕席。有初来愧拒者,辄加鞭笞曰:思买汝何为? 愦愦乃尔。知奴事主人,分当如是。不如是则当捶楚,故不敢不自献也。王蹶起推枕曰:可畏哉! 急呼舟人鼓楫。一夜,追及其母兄,以童还之,且赠以五十金。意不自安,复于悯忠寺礼佛忏悔。梦伽蓝语曰:汝作过改过在顷刻间,冥司尚未注籍,可无庸渎世尊也。

【译文】

　　王兰洲一次在码头购买一个小童,十三四岁,面目清秀,举止端庄优雅,也略识文字。据小童自己讲,父亲死后,家境衰败,与母亲和哥哥到外地投亲,没有找到亲戚家,只好搭船南归,当时身无分文,只好将他卖掉做路费。与他说话时,他羞涩得就像新媳妇。对于这一点,王兰洲已经感到很奇怪;等就寝时,小童竟自己脱衣躺在床上。他购买小童本来是供自己使唤的,并无淫乱之意,但一见小童主动献身,也就不能自持了。

　　事后,小童伏在枕上暗自流泪。王兰洲问:"你不愿意吗?"小童说:"不愿意。"王兰洲又问:"既不愿意。为什么主动献身?"小童说:"我父亲在世时,所养的几个小奴,没有不主动委身的。有刚来的小奴羞愧拒绝,就会受到鞭笞和斥责:'想想买你来是做什么的?装什么糊涂!'由此知道侍侉主人,就该这样,否则就会受到鞭笞。所以,我不敢不主动献身。"王兰洲听罢,突然坐起,推开枕头说:"太可怕了。"他急忙呼唤船家加快行船速度,一夜就追上了小童的母亲哥哥，归还小童，而且还赠送了五十金。即便这样，王兰洲仍惴惴不安，又到悯忠寺去拜佛忏悔。后来，他梦见伽蓝对他说："你犯错改错都在顷刻之间，冥司还没记入档案，可以不用去打扰佛祖了。"

埋骨得救

【原文】

辛卯春，余自乌鲁木齐归。至巴里坤，老仆咸宁，据鞍睡，大雾中与众相失，误循野马蹄迹入乱山中。迷不得出，自分必死。偶见崖下伏尸，盖流人逃窜冻死者。背束布橐有糇粮，宁藉以充饥，固拜祝曰：我埋君骨，君有灵，其导我马行。乃移尸岩窦中，运乱石坚窒。惘惘然信马行，越十余里，忽得路。出山，则哈密境矣。哈密游击徐君，在乌鲁木齐旧相识，因投其署以待余。余迟两日始至，相见如隔世。此不知鬼果有灵，导之以出，或神以一念之善，佑之使出，抑偶然侥幸而得出。徐君曰：吾宁归功于鬼神，为掩骼埋胔者劝也。

【译文】

辛卯年春天，我从乌鲁木齐返京。行至巴里坤，老仆人咸宁在马鞍上睡着，加上大雾茫茫便与队伍走散了。他错误地沿着野马的蹄迹，进入乱山之中，迷失方向走投无路，自以为必死无疑了。偶然见山崖下有一死尸，是因逃窜而被冻死的流放犯人。犯人背上背着布袋，里面装有干粮。于是，他就用来充饥，并向死尸行礼祷告说："我掩埋君的遗骨，如果您在天有灵，请指引我走出山去。"于是把尸体挪入一个山洞，搬来乱石堵住洞口，然后骑上马，信马由缰，迷迷糊糊地向前行走。走了十多天，终于走出山来，原来是已经到了哈密境内。哈密游击徐君，我们在乌鲁木齐就已认识。因此，他就在游击署中等我。

两天后，我才到达，彼此相见，就像隔了一个时代。真不知是鬼果然有灵，引导他走出了迷谷；还是神因他心底善良，保佑他脱离危险；或者是偶然侥幸得以出来。游击徐君说："我宁愿把这件事归功于鬼神，作为对掩埋无主遗骨的劝勉。"

欠债必还

【原文】

董文恪公老仆王某，性谦谨，善应门，数十年未忤一人，所谓王和尚者是也。言尝随文恪公宿博将军废园。月夜据石纳凉，遥见一人仓皇隐避，一人邀遮而止之，捉其臂共坐树下曰：以为汝生天久矣，乃在此相遇耶？因先述相交之契厚，次责任事之负心，曰：某事乘我急需，故难其词以勒我，中饱几何。某事欺我不谙，虚张其数以绐我，干没又几何。如是数十事，每一事一批其颊，怒气坌涌，似欲相吞噬。俄一老叟自草间出，曰：渠今已堕饿鬼道，君何必相凌？且负债必还，又何必太遽？其一人弥怒曰：既已饿鬼，何从还债？老叟曰：业有满时，则债有还日。冥司定律，凡称贷子母之钱，来生有禄则偿，无禄则免，为其限于力也。若胁取诱取之财，虽历万劫，亦须填补。其或无禄可抵，则为六畜以偿。或一世不足抵，则分数世以偿。今夕董公所食之豚，非其干仆某之十一世身耶？其一人怒似略平，刀释手各散。老叟疑其土神也，所言干仆，王某犹及见之，果最有心计云。

【译文】

董文恪公的老仆王某，性情谦虚谨慎，善于治家，几十年来没得罪一人，所以人称绰号"王和尚"。据他说，曾随文恪公在博将军的废园中住宿，一天晚上皓月当空，微风阵阵，独自坐在石头上乘凉。远远望见有个人仓皇逃避，被另外一人迎面遮拦，抓住手臂共同坐在树下。遮拦人说："以为你早就去世了,怎以会在这里相遇呢?"随后,就向逃避者叙述了他们的深厚交情,接着指责起了他办事的负心,说:"某件事你乘我急需,故意花言巧语勒索我,贪污了多少多少;某件事欺我不熟,虚增数目来骗我,吃了多少回扣。"这样一连数出了十件事。每数出一件事,就打一个耳光,怒气冲天,似乎恨不得将对方一口吞吃。忽然,从草丛间走出一位老翁劝解说:"如今他已成了饿鬼,您何必这样凌辱相加?况且,负债必还,又何必这样急呢?"

那人一听,越发恼怒,说:"既然已成饿鬼,还怎么能还债呢?"老翁说:"孽有补满之时,债就有归还之日。按冥司所定的法律,凡是借贷的钱,来生有俸禄就拿俸禄抵偿,没禄就免除不还,因为债务人限于财力,不能偿还。如果是威胁诱取的钱财,就是经历一万年,也必须偿还清楚。其中无禄可以抵偿的,就转生六畜偿还;一世不能还清的,就分几世逐渐偿清。今天晚上董公所吃的猪肉,不就是他的恶仆某人的第十一代身吗?"听了这番话,那人的怒气才略微平息,于是松手各自散去。老翁可能是土神。他所说的恶仆某人,王和尚还在早年见过,确实是一个有心计的恶仆。

烈妇鸣冤

【原文】

许南金先生言,康熙乙未,过阜城之漫河,夏雨泥泞,马疲不进,息路旁树下。坐而假寐,恍惚见女子拜言曰:妾黄保宁妻汤氏也。在此为强暴所逼,以死捍拒,卒被数刃而死。官虽捕贼骈诛,然以妾已被污,竟不旌表。冥官哀其贞烈,俾居此地,为横死诸魂长,今四十余年矣。夫异乡丐妇,踽踽独行,猝遇三健男子执缚于树,肆行淫毒,除骂贼求死,别无他术。其啮齿受玷,由力不敌,非节之不固也。司谳者苛责无已,不亦冤乎?公状貌似儒者,当必明理。乞为白之。梦中欲询其里居,霍然已醒。后问阜城士大夫,无知其事者。问诸老吏,亦不得其案牍。盖当时不以为烈妇,湮没久矣。

【译文】

　　许南金先生说:康熙五十四年,他经过阜城的漫河。夏季阴雨连绵,道路泥泞难走,人困马乏,只好在路旁树下休息。他坐在地上闭目养神,恍惚中见一女子对他下拜说:"我是黄保宁的妻子汤氏,在这里遭到强暴逼迫,我为坚守节操誓死不从最后残遭杀戮。官府虽然捕捉强贼把他们全部诛杀了,但却因为我已被贼人玷污,没有表彰。冥府同情我的贞烈,让我在本地做所有横死鬼魂的首领,至今已经四十多年了。当初我是一个异乡的讨饭妇女,无亲无故,孤身一人路经此地,猛然遇上三个健壮的男人,被捆在这棵树上,被迫由他们肆意奸淫毒打,除了骂贼求死外,别无其他办法。我咬着牙齿忍受侮辱,是因为体力敌不过贼人,并不是不坚守节操啊!审讯此案的官员却对我不停地苛责,我这不是太冤枉了吗?看先生像是一位读书人,肯定知书达理,求先生为我申白一下我的冤屈。"

　　许金南正要询问她的籍贯住址,但突然醒了过来。他后来探问阜城的士大夫们,没人知道这件事;又向久居此地的官员一询问,也没找到有关档案。大概当时没把她作为烈妇,时间一久,就被人们遗忘了。

两鬼论女人

【原文】

　　同年金门高,吴县人。尝夜泊淮阴之间。见岸上二叟相遇,就坐水次草亭上。一叟曰:君近何事? 一叟曰:主人避暑园林,吾日日入其水阁,观活秘戏图。百媚横生,亦殊可玩。其第五姬尤妖艳,见其与主人剪发为誓,约他年燕子楼中,作关盼盼;又约似玉箫再世,重侍韦皋。主人为之感泣。然偶闻其与母窃议,则谓主人已老,宜早储金帛,为别抱琵琶计也。君谓此辈可信乎? 相与太息久之。一叟又曰:闻其嫡甚贤,信乎? 一叟掉头曰:天下之善妒人也,何贤之云。夫妒而嚚争，是为渊驱鱼者也。此妇于妾媵之来，弱者抚之以恩，纵其出入冶游，不复防制，使流于淫佚，其夫自愧而去之。强者待之以礼，阳尊之与己匹，而阴导之与夫抗，使养成骄悍，其夫不堪而去之。有二术所不能饵者，则密相煽构，务使参商两败者，又多有之。幸不即败，而一门之内，诟谇时闻，使其夫入妾之室，则怨语愁颜。入妻之室，乃柔声怡色，其去就不问而知矣。此天下之善妒人也，何贤之云？门高窃听所言，服其中理，而不解其日入水阁语。方凝思间，有官舫鸣钲来，收帆欲泊。二叟转瞬已不见。乃悟其非人也。

【译文】

我的同年金门高，吴县人。一次乘船夜泊于淮阴之间，见到岸上有两位老翁相遇，一起坐在了河边的草亭上。一位老翁问："您最近做什么了？"另一老翁说："我家主人避暑园林，我每日到他的水阁中，去看活生生的房中秘戏图，百媚横生，真是其乐无穷。他的第五位姬妾最妖艳。我见她与主人剪发盟誓，约定他年在燕子楼中作关盼盼，又约定像玉箫一样与主人再续前缘。主人感动得掉下了眼泪。可是，一次又听到了她与母亲偷偷计议，认为主人已经年老，应该趁早储藏一些金银细软，为另寻佳婿做好准备。您觉得这种人可信吗？"二人又叹息了很久。

起初问讯的老翁又问："听说他的正妻很贤惠，果真如此吗？"看秘戏图的老翁说："是天下第一大妒妇，哪里谈得上贤惠！因嫉妒而去争吵，是为渊驱鱼，孤立自己的蠢笨办法。这个妇人却很精明，她对于姬妾中的弱者，常关怀备至，施加恩惠，宽容放纵她出去游荡，不作防备控制，让她逐渐沦落到与外面男子淫乱的地步；丈夫自感惭愧，当然也就驱逐她出门了。对于姬妾中的强者，常以礼相待，佯装与自己平起平坐，暗中却诱导她与丈夫产生分歧，使她养成娇横习惯；丈夫不堪忍受，当然也就又把她同样逐出门外了。对于上述二法都不上钩的姬妾，她就暗中播弄是非，挑拨离间，势必造成针锋相对，两败俱伤，这种情况也不少。即使侥幸没有两败俱伤，也是一门之内时常听到辱骂声，形成这样一种局面：丈夫一步入姬妾居室，迎接他的是满肚怨言和愁眉苦脸；一踏进妻子居室，迎接他的是和颜悦色。于是乎，丈夫进哪个门，不用问也就知道了。这是天下最善于妒术的妇人，何谈什么贤惠！"

金门高偷听老翁的一席话，觉得合乎情理，只是不理解这样一个衣着简朴的老翁，怎么能每日深入水阁中去观秘戏图。他正低头沉思，忽有一只官舫鸣钲而至，收帆要靠岸停泊。二翁转瞬已经杳无踪影，这才明白二翁原来是鬼。

缢鬼与溺鬼

【原文】

裘文达公言官詹事时，遇值日。五鼓，赴圆明园，中途见路旁高柳下，灯火围绕，似有他故。至则一护军缢于树，众解而救之，良久得苏。自言过此暂憩，见路旁小室中有灯火，一少妇坐圆窗中，招我，逾窗入。甫一俯首，项已被挂矣。盖缢鬼变形求代也。此事所在多有。此鬼乃能幻屋宇，设绳索，为可异耳。又先农坛西北文昌阁之南（文昌阁俗曰高庙），汇有积水，亦往往有溺鬼诱人。余十三四岁时，见一人无故入水，已没半身，众噪而挽之，始强回。痴坐良久，渐有醒意，问何所苦而自沉。曰：实无所苦，但渴甚，见一茶肆，趋往求饮。犹记其门悬匾额，粉板青字，曰对瀛馆也，命名颇有文义。谁题之？谁书之乎？此鬼更奇矣。

【译文】

裘文达公说：他做詹事官职的时候，一次赶上自己值班，五更天起身前往圆明园。途中见到路旁的高柳树下，灯火通明，纷纷扰扰，好像是发生了事故。他上前一看，原来是一名护军吊死在树上，众人正在解救。好久，护军才苏醒过来。据他自己说，他路过此地暂停休息，见路旁的小屋中有灯光，一个少妇坐在圆窗中向他招手。他逾窗而入，才一低头，就被挂住脖项了。原来这是缢鬼变形，寻求替身。

这类事很多见，不足为怪。不过，这个缢鬼却能幻化房屋，设置绳索，就可谓是奇异了。还有，先农坛西北有个文昌阁，俗称高庙。高庙之南有片积水，也往往发生溺鬼诱人的事情。我十三四岁时，曾见一人无故走入水中，已经淹没半身，还在继续朝深处走。众人大声呼喊，他才很不情愿地勉强回到岸边,呆坐许久,才渐渐明白过来。问他为何要轻生自溺,他说:"实际上我并没有什么苦,也不是轻生要自溺,只是感到口渴,见到一家茶馆,想赶到那里喝水。我还清楚记得茶馆门上悬挂的匾额,是粉板青字,名叫'对瀛馆'。"这一个命名很有文采,谁题的谁写的呢?与上述缢鬼相比,这个溺鬼就更奇了。

贼喊捉贼

【原文】

史太常松涛言,初官户部主事时,居安南营,与一孀妇邻。一夕盗入孀妇家,穴壁已穿矣。忽大呼曰有鬼,狼狈越墙去。迄不知其所见为何。岂神亦哀其茕独,阴相之欤?又戈东长前辈,一日饭罢,坐阶下看菊。忽闻大呼曰有贼!其声暗呜,如牛鸣盎中,举家骇异。俄连呼不已,谛听,乃在庑下炉坑内,急邀逻者来启视,则儼然一饿夫,昂首长跪。自言前两夕乘暗阑入,伏匿此坑,冀夜深出窃。不虞二更微雨。夫人命移腌虀两瓮,置坑板上,遂不能出。尚冀雨霁移下,乃两日不移,饥不可忍,自思出而被执,罪不过杖,不出则终为饿鬼,故反作声自呼耳。其事极奇,而实为情理所必至,录之亦足资一粲也。

【译文】

太常寺卿史松涛说:他初任户部主事时,住在安南营,和一位孀妇做邻居。一天晚上,盗贼挖穿了孀妇的墙壁,潜入室内。忽然盗贼大呼"有鬼",又狼狈地越墙逃跑了。始终不知盗贼究竟看见了什么。可能是神灵同情孀妇孤苦守节,暗中进行了保护吧!

还有,戈东长前辈一天吃罢饭,坐在台阶下观赏菊花。忽闻有人大呼说:"有贼!"呼声闷哑,好像是牛在盎中鸣叫一样。全家都大吃一惊。一会儿,又听到有人连声呼喊："有贼，有贼"。仔细一听，是在廊庑下炉坑内发出的声音。急忙请巡逻的人来，打开观看，原来是一个饥饿的男子，正昂首跪在坑内。他说自己在两天前的晚上趁天黑潜入院内，伏匿在坑里，想等夜深以后再动手偷东西。不料二更天的时候下起了小雨，夫人命人将腌菜的两个大瓮搬移在坑板上，因此自己也就出不来了。他盼望雨停以后将瓮移走，可是两天也没移动，已经饥饿难忍。自己心想出去以后被抓获，罪不过挨打；不出去就要成为饿死鬼。所以也就自己呼喊起"有贼"来了。这件事情很新奇，其实也在情理之中。这里记录下来可供一笑。

鬼讲鬼故事

【原文】

　　王菊庄言，有书生夜泊鄱阳湖，步月纳凉。至一酒肆，遇数人各道姓名，云皆乡里。因沽酒小饮，笑言既洽，相与说鬼。搜异抽新，多出意表。一人曰，是固皆奇，然莫奇于我所见矣。曩在京师避嚣，寓丰台花匠家。邂逅一士共谈。吾言此地花事殊胜，惟墟墓间多鬼可憎。士曰鬼亦有雅俗，未可概弃。吾曩游西山，遇一人论诗，殊多精诣。自诵所作，有曰，深山迟见日，古寺早生秋。又曰，钟声散墟落，灯火见人家。又曰，猿声临水断，人语入烟深。又曰，林梢明远水，楼角挂斜阳。又曰，苔痕侵病榻，雨气入昏灯。又曰，鸲鹆岁久能人语，魍魉山深每昼行。又曰，空江照影芙蓉泪，废苑寻春蛱蝶魂。皆楚楚有致。方拟问其居停，忽有铃驮琅琅，欻然灭迹。此鬼宁复可憎耶。吾爱其脱洒，欲留共饮，其人振衣起曰，得免君憎，已为大幸，宁敢再入郇厨。一笑而隐。方知说鬼者即鬼也。书生因戏曰，此等奇绝，古所未闻。然阳羡鹅笼，幻中出幻，乃转辗相生。安知说此鬼者，不又即鬼耶。数人一时色变。微风飒起，灯光黯然，并化为薄雾轻烟，蒙蒙四散。

【译文】

　　王菊庄说：有位书生乘船夜泊鄱阳湖，在月下散步乘凉，来到一个酒店。在酒店中，他遇见几个人，各自报了姓名，都是同乡，因此也就买酒与他们同饮，趁着酒兴，便说起鬼来。

　　他们说鬼离奇古怪，多是闻所未闻。其中一人说："你们谈的都很奇异，但我见过的这件事更离奇：以往在京城，我为了清静住在丰台的花匠家，偶然与一位素不相识的士人相遇，二人攀谈起来。我说这个地方花很好，只是墟墓间鬼很多，让人讨厌。士人说：'鬼也有雅俗之分，不可一概而论。以前我到西山，遇到一个人论诗，见解很精辟，他还自我吟诵个人诗作，其中有：深山迟见日，古寺早生秋。又有：钟声散墟落，灯火见人家。又有：猿声临水断，人语入烟深。又有：林梢明远水，楼角挂斜阳。又有：苔痕侵病榻，雨气入昏灯。又有：鸲鹆岁久能人语，魍魉山深每昼行。还有空行照影芙蓉泪，废苑寻春蛱蝶魂等句，都楚楚有致，韵味十足。我正想问他住在哪里，忽然有驼铃声响，他就消失了。这样的鬼还令人讨厌吗？'我喜欢他的洒脱，想留他饮酒。不料士人振衣起身说：'您不讨厌我就已经是大幸了，哪敢再受用君的酒菜呢？'一笑就不见了。我这才知道原来说鬼的士人自己就是鬼。"书生听他说完，开玩笑地说："这事可称奇绝，自古以来闻所未闻。不过，阳羡鹅笼的故事，幻中出幻，辗转相生，生生不已，如何知道讲述这件事的人，不会又是鬼呢？"店中那几个人一听，一时面色皆变，接着阴风微起，灯火暗淡，他们一同化为薄雾轻烟，四散消失。

家奴扮鬼盗玉璜

【原文】

　　一南士，以文章游公卿间。偶得一汉玉璜，质理莹白，而血斑彻骨。尝用以镇纸。一日，借寓某公家。方灯下构一文，闻窗隙有声。忽一手探入，疑为盗，取铁如意欲击。见其纤削如春葱，瑟缩而止。穴纸窃窥，乃一青面罗刹鬼。怖而仆地。比苏，则此璜已失矣。疑为狐魅幻形，不复追诘。后于市上偶见，询所从来，转辗经数主，竟不得其端绪。久乃知为某公家奴，伪作鬼装所取。董曲江戏曰：渠知君是惜花御史，故敢露此柔荑；使遇我辈粗才，断不敢自取断腕。余谓此奴伪作鬼装，一以使不敢揽执，一以使不复追求。又灯下一掌破窗，恐遭捶击。故伪作女手，使知非盗，且引之窥见恶状，使知非人，其运意亦殊周密。盖此辈为主人执役，即其钝如椎；至作奸犯科，则奇计环生，如鬼如蜮。大抵皆然，不独此一人一事也。

【译文】

一位南方士人擅长文章，游历于公卿之间。一次，他偶然得到了一个汉代的玉璜，质理莹白，但是血斑浸彻了玉骨。因是一稀有古物，便用来镇纸。一天，他偶尔寄居于某位大官家中。夜晚，正在灯下构思文章，闻听窗隙有声响，忽然从窗缝里伸进来了一只手。他怀疑是盗贼，拿起铁如意想打；可是见到这只手又白又嫩，甚是可爱，不忍下手，于是又缩回铁如意来。他把窗纸挖  开一个小洞，向外偷看，只见窗外站着一个青面罗刹鬼，顿时吓昏倒地。醒来发现，书案上的玉璜已经不翼而飞了。他怀疑玉璜是狐鬼的幻形，也没再追查。后来，他在市上偶然又见到了那个血斑玉璜，问卖主是哪里得到的。卖主说此物转手多人，已无从谈起。又过了很长时间，他才知道当年玉璜丢失的真相，原来是那个大官的家奴扮鬼窃取。董曲江开玩笑地对南方士人说："他知道你是一个惜花御史，舍不得打美女，所以敢伸出一只白嫩纤手。假设遇到我们这等粗人，他绝不敢去冒断腕的危险。"我认为这个家奴扮鬼，有两个明显的用意：一是使物主不敢当场捉贼，二是让物主不想事后追究。还有，如果破窗入室去取玉璜，必定遭到捶击，所以要伪作少女纤手，造成偷玉的不是盗贼的假象；而且，用这种方式引诱他隔窗偷见鬼状，造成不是人而是鬼的假象。其用心可说是太周密了。这种人为主人做事，迟钝得像木头；至于作奸犯科，就能奇计环生，如鬼如蜮。大体都是如此，不仅是这一个人一件事。

鬼怪作诗嘲狂生

【原文】

朱天门家扶乩,好事者多往看。一狂士自负书画,意气傲睨,旁若无人。至对客脱袜搔足垢,向乩哂曰:且请示下坛诗。乩即题曰:回头岁月去骎骎,几度沧桑又到今。曾见会稽王内史,亲携宾客到山阴。众曰然则仙及见右军耶?乩书曰:岂但右军,并见虎头。狂生闻之起立曰:二老风流,既曾亲睹,此时群贤毕至,古今人相去几何?又书曰:二公虽绝艺入神,然意存冲挹,雅人深致,使见者意消,骂座灌夫,自别是一流人物。离之双美,何必合之两伤。众知有所指,相顾目笑。回视狂生,已著袜欲遁矣。此不识是何灵鬼,作此虐谑。惠安陈舍人云亭,尝题此生《寒山老木图》曰:憔悴人间老画史,平生有恨似徐熙。无端自写荒寒景,皴出秋山鬓已丝。使酒淋漓礼数疏,谁知侠气属狂奴。他年傥续宣和谱,画史如今有灌夫。乩所云骂座灌夫,当即指此。又不识此鬼何以知此诗也。

【译文】

朱天门家扶乩降神,许多人前往观看。其中有位爱好书画的狂士,自负书画水平高,傲气十足,旁若无人,甚至面对客人脱去鞋袜抠起脚丫子来,并对乩架笑着说:"快请出示下坛诗。"乩架写道:"回头岁月去骎骎,几度沧桑又到今。曾见会稽王内史,亲携宾客到山阴。"众人纷纷问:"如此说来,大仙见过绝代书法名家王右军了?"乩架写道:"岂只是右军,也见到了虎头。"狂士一听,站起来说:"两位老先人风流于史,你既然亲眼见到他们,而当今又群贤并出,古代人和今世人相比,相差多远呢?"乩架又写道:"两位先人虽然艺术绝伦,出神入化,但他们谦虚自抑,给人以幽深文雅的艺术享受,让人一看就有自叹不如的感觉;这与席中骂座的灌夫不能相比,自然不是一类人物。两类人离之两美,合之两伤,你何必要将两者放在一起导致两伤呢?"

大家都知道这话是讽刺狂士，你看着我，我看着你，都没说话，却都用眼神流露出讥笑的表情。再看狂士，已经穿上鞋袜溜了。不知这是什么灵鬼，对狂士作了这番嘲弄。原来，惠安舍人陈云亭曾给狂士所画的《寒山老木图》题诗："憔悴人间老画师，平生有恨似徐熙。无端自写荒寒景，皴出秋山鬓已丝。""使酒淋漓礼数疏，谁知侠气属狂奴。他年傥续宣和谱，画史如今有灌夫。"乩架所说的骂座灌夫，应该就是指的此诗。可是，不知这个灵鬼怎么能知道这首诗。

以情解冤

【原文】

先叔仪南公言：有王某、曾某，素相善。王艳曾之妇，乘曾为盗所诬引，阴贿吏毙于狱。方营求媒妁，意忽自悔，遂辍其谋。拟为作功德解冤，既而念佛法有无未可知，乃迎曾父母妻子于家，奉养备至。如是者数年，耗其家资之半。曾父母意不自安，欲以妇归王。王固辞，奉养益谨。又数年，曾母病，王侍汤药，衣不解带。曾母临殁曰：久蒙厚恩，来世何以为报乎？王乃叩首流血，具陈其实，乞冥府见曾为解释。母慨诺。曾父亦作手书一札，纳曾母袖中曰：死果见儿，以此付之。如再修怨，黄泉下无相见也。后王为曾母营葬，督工劳倦，假寐圹侧，忽闻耳畔大声曰：冤则解矣，尔有一女，忘之乎？惕然而寤，遂以女许嫁其子。后竟得善终。以必不可解之冤，而感以不能不解之情，真狡黠人哉！然如是之冤犹可解，知无不可解之冤矣，亦足为悔罪者劝也。

【译文】

先叔仪南公说：有一位王某，平常与曾某交情很好。王某见曾某之妻美丽，就乘曾某被盗贼诬陷之机，暗中买通狱吏，将曾某打死在狱中。王某正盘算着请媒婆向曾某妻提亲，心中忽然自己后悔起来，也就放弃了计划。他想做功德化解自己与曾某的冤仇，可是很快又顾虑到佛法是否存在，于是便把曾某的父母妻子迎接到自己家中，细心照料十分周到。这样过了几年，把他的家资耗去了一半。曾某的父母过意不去，想把儿媳送给王某。王某坚决推辞，奉养更加尽心。又过了几年，曾某的母亲患了重病。王某端汤送水照顾入微，就像孝子一样，曾母临终时说："长期以来接受厚恩，来生如何报答呢？"王某一听，急忙向曾母叩头，磕得头破血流，将当年害死曾某隐情全部说了出来，请求她到冥司见到儿子后为他解释冤仇。既然王某已经像孝子一样赡养待奉了自己，而且又承认了罪过，曾母当即就慷慨地作了许诺。曾父也很开明，亲手给曾某写了一封书信，放在曾母的袖筒里，嘱咐她说："如果你死后真的见到我们的儿子，就把这封信交给他。如果他不能冰释前嫌，我就与他断绝父子关系，将来黄泉之下就不用再见面了。"

后来，曾母去世，王某为曾母操办丧事，在墓地督工时，由于疲劳倦乏，和衣睡在了墓圹旁边。他忽然听到耳边有人大声说："冤仇是已经解除了。不过，你有一个女儿，忘了吗？"王某受惊而醒，也就把女儿嫁给了曾某的儿子。后来，王某寿终正寝，没有遭遇任何意外的灾祸。面对必不可解的冤仇，选用不能不解的人情去进行感动化解，这真是一个聪明狡黠的人啊！然而，这件事说明一个道理：像这样的杀身之仇都可化解，那就没有不可化解的冤仇。这也足可作为悔罪者学习的榜样。

狐女斩情思

【原文】

族兄次辰言，其同年康熙甲午孝廉某，尝游嵩山。见女子汲溪水，试求饮，欣然与一瓢。试问路，亦欣然指示。因共坐树下语，似颇涉翰墨，不类田家妇。疑为狐魅，爱其娟秀，且相款洽。女子忽振衣起曰：危乎哉！吾几败。怪而诘之，赧然曰：吾从师学道百余年，自谓此心如止水。师曰：汝能不起妄念耳，妄念故在也。不见可欲故不乱，见则乱矣。平沙万顷，中留一粒草子，见雨即芽。汝魔障将至，明日试之，当自知。今果遇君，问答流连，已微动一念。再片刻，则不自持矣。危乎哉！吾几败。踊身一跃，直上木梢，瞥如飞鸟而去。

【译文】

族兄次辰说：他的同年、康熙五十三年孝廉某，一次去嵩山游玩，见一位女子在河边打水。他向女子要水喝，女子很高兴地递给他一瓢水；他又向女子问路，女子也很高兴地给他作了指点。他见女子不拒绝自己对她的接触，就和她在树下攀谈起来。言谈之中，孝廉发现女子颇有修养，不像是一个农家妇女。他怀疑女子是狐魅，不过看她姿貌秀丽，风度迷人，就与她互相亲密起来。女子忽然振衣起身，说："危险啊！我差点就败坏了。"

孝廉感到很奇怪，问她这话何从谈起。女子难为情地说："我从师学道一百多年，自认为已经心静如水。可师傅却说：'你仅能做到不起妄念罢了，并没做到根除妄念，妄念仍然存于你的心中。你看不见可欲之物，因此心不乱；一旦看见可欲之物，心就会乱了。万顷平沙中，只要留有一粒草子，见雨就会萌芽。你的魔障就要到了，明天一试，你自然就会明白。'今天果然与君巧遇，谈话间，已经微动一丝妄念；再留片刻，也就不能自己控制了。危险啊！我差点儿就败坏了。"说着，女子纵身一跃，直上树梢，就像飞鸟一样向远方飞走了。

鬼　趣

【原文】

道士王昆霞言，昔游嘉禾，新秋爽朗，散步湖滨。去人稍远，偶遇宦家废圃。丛篁老木，寂无人踪。徙倚其间，不觉昼寝。梦古衣冠人长揖曰：岑寂荒林，罕逢嘉宾。既见君子，实慰素心。幸勿以异物见摈。心知是鬼神，姑诘所从来。曰：仆耒阳张湜。元季流寓此邦，殁而旅葬。爱其风土，无复归思。园林凡易十余主，栖迟未能去也。问：人皆畏死而乐生，尔何独耽鬼趣？曰：

死生虽殊，性灵不改，境界亦不改。山川风月，人见之，鬼亦见之，登临吟咏，人有之，鬼亦有之。鬼何不如人？且幽深险阻之胜，人所不至，鬼得以魂游；萧寥清绝之景，人所不睹，鬼得以夜赏。人且有时不如鬼。彼夫畏死而乐生者，由嗜欲撄心，妻孥结恋，一旦舍之入冥漠，如高官解组，息迹林泉，势不能不戚戚。不知本住林泉者，耕田凿井，恬熙相安，原无所戚戚于中也。问：六道轮回事有主者，何以竟得自由？曰：求生者如求官，惟人所命；不求生者如逃名，惟己所为。苟不求生，神不强也。又问：寄怀既远，吟咏必多。曰：兴之所至，或得一联一句，率不成篇。境过即忘，亦不复追索。偶然记忆，可质高贤者，才三五章耳。因朗吟曰：残照下空山，暝色苍然合。昆霞击节。又吟曰：黄叶……。甫得二字，忽闻噪叫声，霍然而寤。则渔艇打桨相呼也。再倚杖瞑坐，不复成梦矣。

【译文】

道士王昆霞说：某年初秋他在嘉禾县游说，到湖滨散步。在离村落稍远的地方，偶然遇到一处官宦人家的废园。园中丛竹老树，寂静无人。他进园靠着竹木休息，不知不觉地就睡着了。梦见一个身着古代服装的人对他施礼，说："寂寞荒林中，很少遇见嘉宾，今天得见君子光临，我很高兴。望君不要因为我是异类而拒绝我对你的欢迎。"道士知他是鬼，问起他的来历。衣冠人说："我是耒阳人，名张浞，元朝末年流落此地，死后就葬在了这里。我爱这里的风土人情，不再回归故里。这处园林一共更换了十多个主人，我都没舍得离去。"

道士问："人一般都是贪生怕死，你为何单单喜欢鬼的生活呢？"衣冠人说："死生之间虽有不同，但性灵不改，境界也不改。山川风月，人能看见，鬼也能看见；登临吟诗，人有这种乐趣，鬼也有这种乐趣。鬼哪里不如人呢？况且，那些幽深险阻的胜地，人所不能到达的地方，鬼却可以魂游；那些萧寥清绝的景色，人所不能目睹，鬼却可以夜赏。如此说来，人有时反不如鬼舒服。那些贪生怕死的人，是因为嗜欲缠心，妻子眷恋，他们一旦舍去这些进入寂寞的冥间，就好像高官被免归隐山林，必然难免怀有失落感。他们不知道，久居山林的人，耕田凿井，劳逸相安，其中是没有什么失落感的。"

道士问："六道轮回，由神灵来主管安排，如何才能获得自由呢？"衣冠人说："求生的人就好像求官，要服从他人的任命。不求生的人就好像逃名，任自己来安排。如果不想求生，神灵并不勉强。"道士又问："你住在这里已经很久，一定作了不少诗吧？"衣冠人说："灵感一来，就得到一句半句的，大都不成篇章。时过境迁，也就遗忘了。偶然回忆所记得的诗中，可以求教高贤，仅有三五篇。"于是朗诵起来："残照下空山，暝色苍然合。"道士给他打着节拍。他又继续吟诵："黄叶……"才吟出两个字，忽然听到吵闹声，道士就被惊醒，原来是渔人划桨的呼喊声。他继续闭目静坐，却没能再度入睡成梦。

无 头 鬼

【原文】

乌鲁木齐巡检所驻，曰呼图壁。呼图译言鬼；呼图壁，译言有鬼也。尝有商人夜行，暗中见树下有人影，疑为鬼，呼问之。曰：吾日暮抵此，畏鬼不敢前。待结伴耳。因相趁共行，渐相款洽。其人问有何急事，冒冻夜行。商人曰：吾夙负一友钱四千。闻其夫妇俱病，饮食药饵恐不给，故往送还。是人却立树背曰：本欲祟公求小祭祀，今闻公言，乃真长者。吾不敢犯公。愿为公前导可乎？不得已姑随之。凡道路险阻，皆预告。俄缺月微升，稍能辨物。谛视，乃一无首人。栗然却立，鬼亦奄然而灭。

【译文】

乌鲁木齐巡检的驻地，名叫呼图壁。"呼图"的汉语意思是鬼，"呼图壁"的汉语意思是有鬼。一次，有个商人夜行途经呼图壁，昏暗中见树下有人影，以为是鬼，就对人影呼问。树下人说："我傍晚到达此处，因害怕不敢继续前行，我想在此等人结伴而行。"于是他俩就互相仗胆共同向前走去，边走边聊，渐渐密切起来。那人问:"你有什么急事,要冒着严寒夜间走路?"商人说:"我过去欠了一位朋友四千钱,听说他们夫妇全都病了,恐怕饮食医药都成困难,所以要前往送还,以救紧急。"这人一听,退步站在树后,说:"我本想加害于你,以求得点小小祭祀。现在听了你这番话,才知道你是一位真正的仁义之士。我不敢侵犯你,希望能为你做向导引路,可以吗?"商人迫不得已,只好随他前进。一路上,凡是道路中的险阻,那人都能提前一一告知。一会儿,残缺的月亮慢慢升起,随后也就稍能辨清景物了。商人仔细一看,给他带路的原来是个没头的人。他毛骨悚然,后退站立;与此同时,带路鬼也忽然不见了。

贞 妇

【原文】

奇节异烈,湮没无传者,可胜道哉! 姚安公闻诸云台公曰:明季避乱时,见夫妇同逃者。其夫似有腰缠。一贼露刃追之急,妇忽回身屹立,待贼至,突抱其腰,贼以刃击之,血流如注。坚不释手,比气绝而仆,则其夫脱去久矣。惜不得其名姓。又闻诸镇番公曰:明季,河北五省皆大饥,至屠人鬻肉,官弗能禁。有客在德州景州间,入逆旅午餐。见少妇裸体伏俎上,绷其手足,方汲水洗涤。恐怖战悚之状,不可忍视。客心悯恻,倍价赎之。释其缚,助之著衣,手触其乳。少妇艴然曰:荷君再生,终身贱役无所悔。然为婢媪则可,为妾媵则必不可,吾惟不肯事二夫,故鬻诸此也。君何遽相轻薄耶? 解衣掷地,仍裸体伏俎上,瞑目受屠。屠者恨之,生割其股肉一脔。哀号而已,终无悔意。惜亦不得其姓名。

【译文】

贞妇的奇节烈举,被湮没不被世人所知的,多得说不完。姚安公听云台公说:"明朝末年逃避战乱时,见到一对夫妇携手同逃,丈夫好像腰缠万贯。一个盗贼持刀追赶,眼看就要追上。妇人忽然回身屹立,等贼追到,突然抱住贼腰。贼用刀砍她,砍得血流如注,可她就是死命抱住不放手。等到咽下最后一口气才倒地,这时她的丈夫已经逃脱。可惜不知她的姓名。"又听镇番公说:"明朝末年,河北五省都遭受饥荒,以至于出现了杀人卖肉人吃人的现象,官府也不能禁止。有个旅客行走于德州和景州之间,进路边旅店吃午饭,见一个少妇裸体伏在案板上,被捆着手足,正用水冲洗,少妇吓得浑身颤抖。这个旅客产生恻隐怜悯之心,用双价格赎买出来。他给少妇解去绳索,帮她穿上衣服,顺便用手摸了一下她的乳房。少妇勃然大怒,说:'蒙君搭救之恩,我终生服贱役无所后悔。可以做婢女和粗使妇人,但绝对不做妾做媵。我正是因为不肯身事二夫,我才被卖到这里。君为何要对我这样轻薄呢?'说完将衣服脱下掷在地上,又裸体伏上案板,闭目等杀。屠夫恼恨这位妇人,先在她的大腿上生割了一片肉。少妇只是痛苦哀号,始终没有后悔之意。可惜也没留下她的姓名。"

恶报如影随形

【原文】

里胥宋某,所谓东乡太岁者也。爱邻童秀丽,百计诱与狎。为童父所觉,迫童自缢。其事隐密,竟无人知。一夕,梦被拘至冥府,云为童所诉。宋辩曰:本出相怜,无相害意。死由尔父,实出不虞。童言:尔不诱我,何缘受淫?我不受淫,何缘得死?推原祸本,非尔其谁?宋又辩曰:诱虽由我,从则由尔。回眸一笑,纵体相从者谁乎?本未强干,理难归过。冥官怒叱曰:稚子无知,陷尔机阱。饵鱼充馔,乃反罪鱼耶?拍案一呼,栗然惊寤。后官以贿败,宋名丽案中,祸且不测。自知业报,因以梦备告所亲。逮及狱成,乃仅拟城旦。窃谓梦境无凭也。比三载释归,则邻叟恨子之被污,乘其妇独居,饵以重币,已见金夫不有躬矣。宋畏人多言,竟惭而自缢。然则前之幸免,岂非留以有待?示所作所受,如影随形哉。

【译文】

里胥宋某,人们称他为"东乡太岁"。他见邻居小童长得眉清目秀,于是千方百计进行引诱,与自己发生了同性恋关系。不久事情败露,小童的父亲就强迫小童自杀了。由于事情隐密,一直没人知道。一天夜晚,宋某梦见自己被拘捕

到冥府,原来是小童的灵魂控告了他。宋某争辩说:"本来我是出于爱恋,并无加害之意。死是由你的父亲造成的,和我有什么关系。"小童说:"你不引诱我,我如何会受你的淫辱?我不受淫辱,又如何会死?追害祸殃的根本原因,不是你又是谁呢?"宋某又狡辩说:"引诱虽然是我发起,从不从则在于你。投怀送抱,纵体迎合的又是谁呢?本来我就没强行要干这事,从道理上难把过错归在我的身上。"冥官怒叱说:"童子年幼无知,中了你的圈套。你放上鱼饵钓鱼,却反倒归罪于鱼吗?"拍案一呼,宋某就被惊醒了。

后来,有个做官的因为受贿垮了台,宋某的姓名被录在了狱案之中,将受到怎样的惩处尚且不知。他自知这是报应,也就把自己的罪过和所做的梦全部告诉了亲友。等定案时,宋某仅受到了三年城旦的服刑处罚。因此,他暗以为梦境是没有根据的,只不过是自己胡思乱想而已。等三年服刑期满,被释放归来,他才知道原来小童的父亲恨儿子被他污辱,乘他服刑在外,妻子独居之机,用重金作诱饵,早已占有了自己的妻子。宋某怕落人笑柄,就自杀了。由此可见,服刑前的从轻判决,只是留下恶报的余地,神灵要向人们显示出恶人自作自受,恶报就如影随形那样必不可免啊!

打抱不平的狐仙

【原文】

族祖黄图公言,顺治康熙间,天下初定,人心未一。某甲阴为吴三桂谍,以某乙骁健,有心计,引与同谋。既而枭獍伏诛,鲸鲵就筑,亦既洗心悔祸,无复逆萌。而往来秘札,多在乙处,书中故无乙名。乙胁以讦发,罪且族灭。不得已以女归乙,赘于家。乙得志益骄,无复人理,迫淫其妇女殆遍,乃至女之母不免;女之幼弟

才十三四，亦不免。皆饮泣受污，惴惴然恐失其意。甲抑郁不自聊，恒避于外。一日散步田间，遇老父对语，怪附近村落无此人。老父曰：不相欺，我天狐也。君固有罪，然乙逼君亦太甚，吾窃不平。今盗君秘札奉还，彼无所挟，不驱自去矣。因出十余纸付甲。甲验之良是，即毁裂吞之。归而以实告乙。乙防甲女窃取，密以铁瓶瘗他处。潜往检视，果已无存。乃踉跄引女去。女日与诟谇，旋亦仳离。后其事渐露，两家皆不齿于乡党，各携家远遁。夫明季之乱极矣，圣朝荡涤洪炉，拯民水火。甲食毛践土，已三十余年。当吴三桂拒命之时彼已手戮桂王。断不得称楚之三户，则甲阴通三桂，亦不能称殷之顽民，即阖门并戮亦不为冤。乙从而污其闺帏，较诸荼毒善良，其罪似应末减。然乙初本同谋，罪原相埒；又操戈挟制，肆厥凶淫，罪实当加甲一等。虽后来食报无可证明，天道昭昭，谅必无幸免之理也。

【译文】

族祖黄图公说：顺治康熙年间，天下初定，民心未稳。某甲，给吴三桂做间谍。他觉得某乙强健勇敢，足智多谋，就设法引诱某乙做了同谋。不久，吴三桂遭到诛杀，其手下的将士也全部落网被处死。某甲决定洗心革面，归顺朝廷。可是，他与某乙的往来密信，多在某乙那里。密信中没有乙的姓名，乙用这些密信威胁要告发甲。如果被告发，甲就会被诛灭九族。甲迫不得已，将自己的女儿许配给了乙，入赘家中。乙春风得意，日益骄横，丧失人伦道德，胁迫奸淫甲家的每位女性，女儿的母亲也没幸免，甚至连女儿年才十三四岁的幼弟也遭到乙的奸淫。全家老幼都饮泪受辱，每日惴惴不安。甲抑郁忧闷，无所事事，常一人躲避出去。一天，他在田间散步，遇到一位老翁和他说话。他见老翁从没在附近村落中出现过，感到很奇怪。老翁说："实不相瞒，我是天界的狐仙。君固然有罪，然而乙也欺人太甚了，我心中很不平。现在把密信盗来，奉还于君。他没有了威胁的根据，就会不驱自逃了。"说完，拿出十几张纸交给甲。甲一看，正是他给乙所写的密信，立即撕碎，吞入腹中。甲回家后，将此事告诉了乙。原来，乙为了防止甲女盗取密信，已经把密信藏在铁瓶中，埋在了一个隐避的地方。他听甲这样说，不大相信，自己偷偷前去查看，密信果然已经没有。于是急忙带着甲的女儿离开了甲家。甲的女儿天天和乙争吵辱骂，很快就离婚了。

后来，甲乙两家的内幕逐渐泄露出去，两家都受到乡邻的鄙视，各自携家远逃外地。明朝末年宦官当道，天下大乱，圣明的大清朝平定乱世，把人民从水深火热中拯救出来。甲被朝廷重用已经三十多年，当吴三桂抗拒朝命的时候，他就已经反戈杀死了桂王，绝对称不上是秦朝热爱故国的"楚之三户"；他暗通吴三桂，也称不上周代留恋故国的"殷之顽民"。甲就是满门抄斩，也不算是冤枉。乙乘机污辱甲家全家每一个人，罪恶似乎并不应该轻于祸害善良人家。可是，乙当初本就是甲的同谋，罪恶与甲原就是相等的；乙又操戈挟制，放肆奸淫，罪加一等。虽然乙后来得到什么恶报还不清楚，但是天道昭昭，想必不会有幸免遭报的道理。

姜三莽捉鬼

【原文】

姚安公闻先曾祖润生公言，景城有姜三莽者，勇而憨。一日，闻人说宋定伯卖鬼得钱事，大喜曰：吾今乃知鬼可缚。如每夜缚一鬼，唾使变羊，晓而牵卖于屠市，足供一日酒肉资矣。于是夜夜荷梃执绳，潜行墟墓间，如猎者之伺狐兔，竟不能遇。即素称有鬼之处，佯醉寝以诱致之，亦寂然无睹。一夕，隔林见数磷火，踊跃奔赴。未至间，已星散去，懊恨而返。如是月余，无所得，乃止。盖鬼之侮人，恒乘人之畏。三莽确信鬼可缚，意中已视鬼蔑如矣。其气焰足以慑鬼，故鬼反避之也。

【译文】

姚安公听先曾祖润生公说：景城有个非常勇敢而憨的人，名叫姜三莽。一天，他听人讲起宋定伯卖鬼得钱的事，高兴地说："至今我才明白鬼原来是可以逮住的。如果我每夜捕获一鬼，唾口水让鬼变成羊，天明牵到屠市上去卖，一天的酒肉费用也就足够了。"于是夜夜扛着木棒绳索，暗行于墟墓之间，就像猎人等待猎物一样十分专注，可是一直没有遇到鬼。于是，他又到人们平常传说有鬼的地方，佯装醉睡，引诱鬼来上钩，可是也没见到鬼。

一天夜晚，他隔着树林望见有几点磷火，急忙奔赴过去，还没奔到磷火前，磷火就像星点一样散去消失了。姜三莽十分遗憾地返回家中。这样过了一个多月，始终一无所获，只好停止了捉鬼活动。大多被鬼欺侮是因为人害怕鬼所致，姜三莽确信鬼可以被人捆捉，意识上已经蔑视不如自己，气焰上也就足以威慑住了鬼，因此鬼反而躲避他。

杀人偿命欠债还钱

【原文】

乾隆戊午夏，献县修城，役夫数百，拆故堞破砖掷城下，城下役夫数百，运以荆筐。炊熟，则鸣柝聚食。方聚食间，役夫辛五告人曰，顷运砖时，忽闻耳畔大声曰，杀人偿命，欠债还钱，汝知之乎？回顾无所睹，殊可怪也。俄而众手合作，砖落如雹一砖适中辛五，脑裂死。惊呼扰攘，竟不得击者主名。官司莫能诘断，令役夫之长出钱十千，棺敛而已。乃知辛五夙生负击者命，役夫长夙生负辛五钱。因果牵缠，终相填补，微鬼神先告，几何不以为偶然耶。

【译文】

乾隆三年夏天，献县修筑城墙。几百名役夫，在城上拆墙，把破砖纷纷掷到城下。城下也有几百名役夫，用荆筐搬运破砖。饭熟以后，就鸣柝停工，役夫们集中吃饭。吃饭时，役夫辛五对人说："刚才我在城下运砖时，忽听耳旁有人大声说：'杀人偿命，欠债还钱，你难道不知道吗？'我回头一看，身边并没人，真是怪事。"

饭后，大家继续干活，破碎的城砖像雹子一样落到城下，一砖正中辛五脑门，颅骨裂开，当时就死了。人们惊呼扰攘，最终也不知道是谁扔的这块要命砖。官府无从审讯，只是判役夫长出钱十千，棺敛辛五。事后人们才知道，辛五前生欠了击砖人一命，而役夫长前生欠了辛五的钱，因果相互牵连，纠缠终于相互填补。如果没有鬼神事先预告，又有多少人会认为这是偶然的事故呢！

鬼　狐

【原文】

先师赵横山先生，少年读书于西湖，以寺楼幽静，设榻其上。夜闻室中窸窣声，似有人行。叱问是鬼是狐，何故扰我？徐闻嗫嚅而对曰：我亦鬼亦狐。又问鬼则鬼狐则狐耳，何亦鬼亦狐也。良久复对曰：我本数百岁狐，内丹已成，不幸为同类所搤杀，盗我丹去。幽魂沉滞，今为狐之鬼。问何不诉诸地下。曰：凡丹由吐纳导引而成者，如血气附形，融合为一。不自外来，人勿能盗也。其由采补而成者，如劫夺之财，本非己物，故人可杀而吸取之。吾媚人取精，所伤害多矣。杀人者死，死当其罪。虽诉神，神不理也。故宁郁郁居此耳。问汝据此楼作何究竟？曰：本匿影韬声，修太阴炼形之法。以公阳光薰烁，阴魄不宁，故出而乞哀，求幽明各适。言讫，惟闻搏颡声，问之，不复再答。先生次日即移出。尝举以告门人曰：取非所有者，终不能有，且适以自戕也。可畏哉。

【译文】

先师赵横山先生，少年时在西湖读书，因为寺楼幽静，便在楼上设床住宿。夜间，他听到室内有窸窣声，似乎有人走动，便斥问道："是鬼还是狐？为何要来打扰我？"慢慢地才听到吞吞吐吐地回答："我既是鬼，也是狐。"先生说："鬼是鬼，狐是狐。怎么能既是鬼也是狐呢？"过了一会儿，才听见回答说："我本来是几百岁的狐，内丹已经炼成，不幸被同类扼杀，盗了我的丹。我的幽魂沉落在这里，现在已经是狐中的鬼了。"

先生问："你为什么不到地府去控告盗丹贼？"狐鬼说："凡是由自己吐纳导引所炼

成的内丹，如同血气附入形体，与形体融会贯通合二为一。是自身所炼而不是来自身外，他人是不能盗走的。凡是由采补精气所炼成的内丹，如同劫夺来的财物，本来就不是属于自己的，不能与形体融合为一，所以他人可以杀死吸取走。我用迷惑人的方式采取精气，伤害了许多人。杀人该死，我是罪有应得，就是诉诸神灵，神灵也不会受理我的起诉。因此，我宁愿闷闷不乐地住在这里。"先生又问："你占据此楼，究竟想做什么？"狐鬼说："本来我想隐匿身形，默不作声，修炼太阴炼形法。由于先生阳光强烈，烤得我阴魂不安，所以才出来哀求先生，恳望先生体谅我的苦衷，阴阳各有处所。"说罢，只听见额头叩地的声响，问话也不再回答。第二天，先生就搬了出来。他曾经列举这件事对学生说："夺取不是属于自己的东西，终究不能为自己所有，而且恰好是伤害自己。真可怕啊！"

破镜重圆

【原文】

雍正丙午、丁未间，有流民乞食过崔庄，夫妇并病疫。将死时，持券哀呼于市，愿以幼女卖为婢，而以卖价买二棺。先祖母张太夫人为葬其夫妇，而收养其女，名之曰连贵。其券署父张立母黄氏，而不著籍贯。问之，已不能语矣。连贵自云，家在山东，门临驿路，时有大官车马往来，距此约行一月余。而不能举其县名。又云去年曾受对门胡家聘，胡家亦乞食在外，不知所往。越十余年，杳无亲戚来寻访，乃以配圉人刘登。登自云山东新泰人，本姓胡，父母俱殁。有刘氏收养之，因从其姓。小时闻父母为聘一女，但不知其姓氏。登既胡姓，新泰又驿路所经，流民乞食，计程亦可以月余，与连贵言皆符。颇疑其乐昌之镜离而复合，但无显证耳。先叔栗甫公曰：此事稍为点缀，竟可以入传奇。惜此女蠢若鹿豕，惟知饱食酣眠，不称点缀，可恨也。边随园征君曰：秦人不死，信符生之受诬；蜀老犹存，知诸葛之多枉。(此乃刘知几《史通》之文，符生事见《洛阳伽蓝记》。诸葛事则见《魏书·毛修之传》。浦二田注《史通》以为未详，盖偶失考。)史传不免于缘饰，况传奇乎。《西楼记》称穆素晖艳若神仙，吴林塘言其祖幼时及见之，短小而丰肌，一寻常女子耳。然则传奇中所谓佳人，半出虚说，此婢虽粗，倘好事者按谱填词，登场度曲，他日红氍毹上，何尝不莺娇花媚耶？先生所论，犹未免于尽信书也。

【译文】

雍正四、五年间，有外地流亡的农民讨饭路过崔庄，其中一对夫妇双双得了传染病。临终，他们手持卖女契约在街上哀呼，愿把幼女卖身为婢，以购买两口木棺。先祖母张太夫人葬了这对夫妇，收养了幼女，给她起名叫连贵。契约上署着她父亲的姓名叫张立，母亲称黄氏，没有注明籍贯住址，因为问他们的时候他们已奄奄一息，说不出话来。据连贵自己说，她家在山东，门临驿路，时常有大官的车马往来，离崔庄大约要走一个多月，但她说不出县名。连贵还说，去年父母把她许配了对门胡家，已经受了聘礼，可是胡家也到外地讨饭，不知去向。过了十多年，因为没有亲戚来找连贵，于是就把她许配了喂马人刘登。刘登自称是山东新泰人，原本姓胡，因父母双亡，有位刘氏收养了他，因此从了刘姓。他小时候听说父母为他订了一门亲事，可是不知道女方的姓氏。既然刘登原来姓胡，新泰又是驿路必经之地，计算流民讨饭的路程也大约需用一个多月，这与连贵提供的情况完全吻合。因此，人们怀疑他俩的结合就像乐昌公主破镜重圆，只是没有明显的证据。

先叔果甫公说："这事如果稍微修饰一下，就可以成为传奇小说了。可惜这个女子蠢笨得像猪一样，只知道吃饱了闷头酣睡，不配点缀，真可恨也。"边随园征君说："'秦人不死，信符生之受诬；蜀老犹存，知诸葛之多枉。'(四语乃刘知几《史通》之文。符生事见《洛阳伽蓝记》，诸葛事见《魏书·毛修之传》。浦二田注《史通》以为未详，盖偶失考)连史书传记都不免点缀修饰，更何况是传奇小说呢？《西楼记》称穆素晖貌若天仙，吴林塘说他的祖父幼年时期曾经见过穆素晖，又矮又胖，不过是一个寻常女子而已。如此说来，传奇小说中的所谓佳人，大多是虚构出来的。这个婢女虽然粗蠢，倘若好事者按谱填词，登场度曲，他日戏台的红地毯上，何以见得不是一个莺娇花媚、倾城倾国的绝代佳人呢？先生所论，也不免是'尽信书'了。"

隔 世 讨 债

【原文】

即墨杨槐亭前辈言,济宁一童子,为狐所昵,夜必同衾枕。至年二十余,犹无虚夕。或教之留须,须稍长,辄睡中为狐剃去,更为傅脂粉。屡以符箓驱遣,皆不能制。后正乙真人舟过济宁,投词乞劾治。真人牒于城隍,狐乃诣真人自诉,不睹其形,然旁人皆闻其语。自言过去生中为女子,此童为僧,夜过寺门,被劫闭窟室中,隐忍受辱者十七载,郁郁而终。诉于地下,主者判是僧地狱受罪毕,仍来生偿债。会我以他罪堕狐身,窜伏山林百余年,未能相遇。今炼形成道适逢僧后身为此童,因得相报。十七年满,自当去,不烦驱遣也。真人竟无如之何。后不知期满果去否。然据其所言,足知人有所负,虽隔数世犹偿也。

【译文】

即墨人杨槐亭前辈说:济宁有个小童被一个狐妖奸污,每天夜晚狐妖必定前来与他一起睡觉。直到小童二十多岁,也从来未间断。有人教他留起胡子来,可胡子稍微一长,就在睡梦中被狐妖剃去了,狐妖并且给他脸上涂脂抹粉。家人多次请道士用符箓驱逐狐妖,可是没有任何效果。

后来,正乙真人乘船路过济宁,家人又请正乙真人驱狐。真人向当地城隍发出文书,于是狐妖便来到了真人面前,向真人诉说起来。旁观的人虽然看不到狐妖的身形,但是都听到了他的说话声。狐妖说他前生是个女子,而他所奸污的童子是个和尚。一天夜晚,她路过寺门,被和尚劫持到密室里,从此蒙羞受辱,多达十七年,后来忧郁而死。她向地府控诉,地府判和尚下地狱受罪完毕,仍然回到人间偿还对我所欠的债。当时我因其他罪过堕落为狐身，窜伏到山林过了一百多年，没能和仇家相遇。现在我已经炼形成道，正赶上和尚投生为这个童子，所以我才来对他进行报复。十七年期满以后，我自己会离去，不麻烦别人驱逐。正乙真人听后，便不再理会。也不知后来期满之后，狐妖是否离去。不过，据狐妖所说，可以知道如果人欠了债，就是已经隔了几世也是必须要偿还的。

鬼魅留字露隐私

【原文】

陈少廷尉耕岩，官翰林时，为魅所扰。避而迁居，魅辄随往。多掷小帖，道其阴事，皆外人不及知者。益悚惧，恒虔祀之。一日，掷帖，责其待侄之薄，且曰：不厚资助，祸且至。众缘是窃疑其侄。密约伺察，夜闻击损器物声，突出掩执，果其侄也。耕岩天性长厚，尤笃于骨肉，但曰：尔需钱可告我，何必乃尔？笑遣之归寝。由是遂安。后吴编修朴园，突遭回禄，莫知火之自来。凡再徙居而再焚。余意亦当如耕岩事。朴园曰：固亦疑之，然第三次迁泉州会馆时，适与客坐厅事中，忽烈焰赫然，自承尘下射，是非人所能上，亦非人所能入也。殆真魅所为矣。

【译文】

大理寺少卿陈耕岩做翰林时，受到精魅的捉弄。为了躲避精魅，他搬到另一地方居住，可是精魅仍然紧追不舍，苦苦相逼。精魅捉弄他的办法是掷许多小纸条，泄露他的隐私。陈耕岩日益害怕，常虔诚地祭祀祷告。

一天，精魅又掷了个小纸条，斥责他待侄子不好，并且说："再不重重资助侄子，马上大祸临头。"根据纸条的内容，大家都暗中怀疑纸条是侄子扔的。于是秘密约定暗中观察。这天夜间，又听见了击损器物的声音，家人们突然冲出来捉拿，果然是他。陈耕岩天性宽厚，对待家庭骨肉尤其慈爱，只是对侄子说："你需要钱可以直接告诉我，用得着这样吗？"笑着打发他回房就寝，从此也就再没有什么精魅了。

后来，编修吴朴园突然遭到火灾，不知火是因何而起。搬家后又遭到火灾，也不知起火原因。我认为可能这也类似陈耕岩的事，或许是家贼放火。吴朴园说："我也如此怀疑。"可是，第三次又发生了火灾。那是迁居泉州会馆时，他与客人正坐在厅堂中说话，忽然烈焰烧起，是从承尘纸上喷射下来的。堂顶的承尘纸，那既不是人所能上去的，也不是人所能进去的，恐怕真是鬼魅在放火了。

一善之报

【原文】

　　献县捕役某，尝奉差捕剧盗，就絷矣。盗妇有色，盗乞以妇侍寝而纵之逃，某弗许。后以积蠹多赃坐斩。行刑前二日，狱舍墙圮，压而死。狱吏叶某，坐不早葺治，得重杖。先是叶某梦身立堂下，闻堂上官吏论捕役事。官指挥曰：一善不能掩千恶，千恶亦不能掩一善。免则不可，减则可。既而吏抱牍出，殊不相识，谛视其官，亦不识，方悟所到非县署。醒而阴贺捕役，谓且减死；不知神以得保首领为减也。人计捕役生平，只此一善，而竟得免刑。天道昭昭，何尝不许人晚盖哉！

【译文】

　　献县有个捕役，一次奉命逮捕巨盗，已经将巨盗捆捉。巨盗的妻子很有姿色，他用妻子陪捕役睡觉作为条件，请求捕役放他逃走。捕役没有答应。后来，捕役因贪赃枉法，被判处斩首。行刑的前两天，监狱倒塌，捕役被监墙压死。狱吏叶某，因没有及时维修监房，受到重杖处罚。当捕役被论罪时，叶某梦见自己立在堂下，听到堂上的官员们正在讨论捕役贪赃一案。一位官员语气坚定地说："一件善事不能掩盖千件恶事，千件恶事也不能掩藏一件善事。免刑不行，不过可以减刑。"很快，有个文吏抱着文案走出堂来，他根本就不认识，又仔细看了看堂上的官员，也都不认识，这时才明白自己不是在县衙。醒后，他私下替捕役高兴，认为他可以免除死罪。直到捕役死后，他才明白神灵的所谓减罪，是让捕役得了全尸。人们计算捕役的生平事迹，只有不肯污辱巨盗妻子这件善事，而竟靠这一善事减免了斩首的死刑。由此可见，天道昭昭，又何尝不许人事后将功补过，行善赎罪呢！

两 世 夫 妻

【原文】

　　两世夫妇，如韦皋、玉箫者，盖有之矣。景州李西崖言：乙丑会试，见贵州一孝廉，述其乡民家生一子，甫能言，即云我前生某氏之女，某氏之妻，夫名某字某；吾卒时夫年若干，今年当若干；所居之地，距民家四五年日程耳。此语渐闻。至十四五岁时，其故夫知有是说，径来寻问。相见涕泗，述前生事悉相符。是夕竟抱被同寝。其母不能禁，疑而窃听，灭烛以后，已妮妮儿女语矣。母怒，逐其故夫去。此子愤悒不食，其故夫亦栖迟旅舍不肯行。一日防范偶疏，竟相偕遁去，莫知所终。异哉此事，古所未闻也。此谓发乎情而不止乎礼矣。

【译文】

　　两世都做夫妇，如韦皋和玉箫，大概是有的。景州李西崖说：他乙丑年会试，遇见一位贵州籍的孝廉，讲到他家乡有家人生了个女儿，女儿才生下就会说话，就说自己前生是某氏之女，某氏之妻，丈夫名某字某，她去世时丈夫若干岁，今年应该若干岁，以及夫家住在哪儿，等等。她前生丈夫的居址，距她家仅有四五天的路程。她的这番话，渐渐在十里八村传开了。这个女孩长到十四五岁的时候，她前世的丈夫听到了这一传闻，跑来寻问事情的真伪。二人相见，悲喜交集，共同追述往日夫妻生活中的旧事，丝毫不差，当天夜晚竟抱着被褥同床共寝了。女孩的父母不能阻止女儿，便疑疑惑惑地前往偷听，熄烛以后，立即传出了两人亲热的声音。母亲很生气，赶走了女儿的前夫。女儿愤恨绝食，她的前夫也逗留旅店不肯回去。

　　一天，家人疏于防范，老夫少妻二人竟一起私奔了，不知后来怎样。这件事真奇怪呀！自古以来从没听说过。这可谓是由旧情支配，未受礼仪的束缚。

人在黄泉也有情

【原文】

沧州插花庙老尼董氏言，尝夜半睡醒，闻佛殿磬声铿然，如有人礼拜者。次日告其徒。曰：师耳鸣。至夜复然。乃潜起蹑足窥之。佛光青荧，依稀辨物。见击磬者，乃其亡师。一少妇对佛长跪，喁喁絮祝。回面向内，不识为谁。细听所祝，则为夫病求福也。恐怖失措，触朱楯有声。阴气冥蒙，灯光骤暗。再明则已无睹矣。先外祖雪峰张公曰：此少妇已入黄泉，犹忧夫病，闻之使人增伉俪之情。董尼又言，近一卖花老媪，夜经某氏墓，突见某夫人魂立树下，以手招之。无路可避，因战栗拜谒。某夫人曰：吾夜夜在此，待一相识人寄信，望眼几穿，今乃见尔。归告我女我婿，一切阴谋，鬼神皆已全知，无更枉抛心力。吾在冥府，大受鞭笞。地下先亡，更人人唾骂，无地自容，日惟避此树边。苦雨凄风，酸辛万状。尚不知沉沦几辈，得付转轮。似闻须所夺小郎赀财，耗散都尽，始冀有生路也。又婿有密札数纸，病中置螺甸小箧中。嘱其检出毁灭，免为他日口实。叮咛再三，呜咽而灭。媪潜告其女，女怒曰：为小郎游说耶！迨于箧中见前札，乃始悚然。后女家日渐消败。亲串中知其事者，皆合掌曰，某夫人生路近矣。

【译文】

沧州插花庙老尼姑董氏说：一次半夜睡醒，她听见佛殿上有响亮的击磬声，如同有人在做礼拜。第二天，她告诉小徒。小徒说："师父一定是听错了。"到夜间，仍然听到磬声，于是她便偷偷起身，蹑手蹑脚地来到佛殿察看。佛殿上灯火昏暗，隐约能够看见殿中的情景。她见自己的亡师正在击磬，一位少妇对佛长跪，不停地祈祷。因少妇面对佛像，认不出是谁。细听她的祝词，原来是为自己正在生病的丈夫祈福。老尼姑董氏因心里害怕慌了手脚，碰在了窗格上。殿内听见响声，顿时阴气蒙蒙，灯光转暗。再明亮起来时，殿内已经空无一人。先外祖张雪峰先生说："这个少妇已经进了黄泉，还挂念着生病的丈夫，听见这件事就使人情不自禁地增加了夫妻之情。"

董氏尼姑还说：近来有个卖花老妇，夜间经过某氏坟墓，突然看见某氏夫人的魂魄立在树下，向她招手。她无路可避，只好颤抖着上前拜见。某夫人说："我夜夜在此等候，想找个熟人寄信，这么长时间，简直望眼欲穿，今天好不容易才见到你。请你回去转告我的女儿女婿：一切阴谋，鬼神都已经全部知道，再不要枉费心机。我在阴曹地府，受到了残酷的鞭笞；先故的丈夫，更是人人唾骂。我们无地自容，只有每天躲避在这棵树边，凄风苦雨，好不酸辛。即使这样，还不知要在地府呆多少年，才能转世投生。近来好似听到风声，说必须等我小叔子的资财全部耗散干净，才有转生的希望。还有，我的女婿有几封密信，我生病时放在了藏首饰的小箱内。告诉他赶快找出来烧毁，免得成为日后的证据。"再三叮咛后，就呜咽着消失了。卖花老妇把自己的夜遇偷偷转告了某夫人的女儿，某夫人的女儿不相信，生气地说："你是要为我年幼的叔叔游说吗？"等她在首饰箱中看到丈夫的密信，才害怕起来。后来，她家境逐渐败落，亲戚中所有知道这件事的人，都合掌诵佛说："某夫人转生已经为期不远了。"

保守秘密的狐妖

【原文】

沧州瞽者蔡某，每过南山楼下，即有一叟邀之弹唱，且对饮。渐相狎，亦时至蔡家共酌。自云姓蒲，江西人，因贩磁到此，久而觉其为狐。然契分甚深，狐不讳，蔡亦不畏也。会有以闺阃蜚语涉讼者，众议不一。偶与狐言及曰，君既通灵，必知其审。狐艴然曰：我辈修道人，岂干预人家琐事，夫房帏秘地，男女幽期，暧昧难明，嫌疑易起。一犬吠影，每至于百犬吠声。即使果真，何关外人之事？乃快一日之口，为人子孙数世之羞，斯已伤天地之和，召鬼神之忌矣。况杯弓蛇影，恍惚无凭，而点缀铺张，宛如目睹，使人忍之不可，辩之不能，往往致抑郁难言，含冤毕命。其怨毒之气，尤历劫难消。苟有幽灵，岂无业报？恐刀山剑树之上，不能不为是人设一座也。汝素朴诚，闻此事亦当掩耳。乃考求真伪，意欲何为？岂以失明不足，尚欲犁舌乎？投杯径去，从此遂绝。蔡愧悔，自批其颊，恒述以戒人，不自隐匿也。

【译文】

沧州盲人蔡某，以弹唱为生，每次路过南山楼下，就有一位老翁邀他弹唱，并请他喝酒。二人渐渐成了好朋友，老翁也时常到蔡家与他共欢。老翁自称姓蒲，江西人，因贩卖瓷器来到本地。时间一久，蔡某觉察到老翁是个狐妖，然而交情已经很深，狐妖不瞒他，蔡某也不害怕。

后来，里中发生了一件事，因闺房里的闲话惹了官司，搞得满城风雨，议论纷纷，有的说有，有的说无。蔡某偶尔与狐友谈及此事，问狐友："君既然已经通灵，必定知道其中的真相。"狐友顿时沉下脸来，生气地说："我们狐辈修炼道术，岂能干预人的家庭琐事？房帷闺阁是秘密之地，男女在房中会面很难说清是否有暧昧关系，因此也就容易引起嫌疑。一犬吠影，往往导致百犬吠声。即使果真有其事，与外人又有什么关系？却为一时嘴快。给人家子孙后代留下几代人的羞愧，这已经是伤了天地的和气，招致了鬼神的忌恨。况且，事情根本就是杯弓蛇影，毫无根据，好事之徒添枝加叶，就像他自己亲眼看见一样。这就使人忍不能忍，辩不能辩，往往导致抑郁难言，含冤丧命。这怨恨之气，即使过了几辈子也是很难消除的。如果冤死者有幽灵，岂能不进行报复？恐怕冥司的刀山剑树上，是不会不为这个多舌头的造谣人设一个座位的。你素来淳朴诚实，听到这种事情就应该掩起耳朵来；可你不但不掩耳朵，反要考求真伪，想干什么呢？难道丧失了视力还嫌不够，还要被割掉舌头才满足吗？"

狐友说完，放下杯子径自离去，从此再没有在蔡某面前出现。蔡某万分愧悔，恨得自己打自己嘴巴，并经常通过讲述这件事告诫别人，从不顾忌别人笑话自己。

老儒骂狐

【原文】

　　刘香畹言，曩客山西时，闻有老儒经古冢，同行者言中有狐，老儒詈之，亦无他异。老儒故善治生，冬不裘，夏不缔，食不肴，饮不荈，妻子不宿饱，铢积锱累，得四十金。熔为四锭，秘缄之；而对人自诉无担石。自詈狐后，所储金，或忽置屋颠树杪，使梯而取。或忽在淤泥浅水，使濡而求。甚或忽投圊溷，使探而濯。或移易其地，大索乃得。或失去数日，从空自堕。或与客对坐，忽纳于帽檐。或对人拱揖，忽铿然脱袖。千变万化，不可思议。一日，突四锭跃掷空中，如蛱蝶飞翔。弹丸击触，渐高渐远，势将飞去。不得已焚香拜祝，始自投于怀。自是不复相鬩，而讲学之气焰，已索然尽矣。说是事时，一友曰：吾闻以德胜妖，不闻以詈胜妖也。其及也固宜。一友曰：使周张程朱詈妖必不兴，惜其古貌不古心也。一友曰：周张程朱必不轻詈，惟其不足于中，故悻悻于怀也。香畹首肯曰，斯言洞见症结矣。

【译文】

　　刘香畹说：以往客居山西时，他听说有位老儒路经古墓，同行者说墓内住着狐妖。老儒不信世上有鬼魅妖怪，就对狐妖大骂了一通，当时也没有任何怪异出现。老儒平常俭朴持家，冬天不穿皮衣，夏季不穿细布，吃饭时没有蔬菜，平日也不饮茶，妻子经常饿着肚子。他通过节衣缩食，点点积累，有了四十金，熔铸成四个大元宝，秘密藏了起来。可是，他却对人说自己家里穷得连一石粮都没有。自从骂狐后，他所秘藏的元宝有时忽然被放在房顶树梢上，要搬梯去取；同时忽然被放在淤泥浅水中，要伸手去捞；有时甚至被扔在厕所的屎坑里，要拿出冲洗；有时离开了匿藏地点，要费很大劲才能找到；有时失踪了好几天，又会自己凭空而降；有时老儒正在与客对坐说话，元宝忽然塞在了他的帽檐上；有时老儒正在对人拱手揖礼，元宝忽然滚出袖外。变化无常，令人捉摸不定。

一天，四个元宝忽然跳起来飞上空中，如同蝴蝶旋舞，好像弹丸触击，渐高渐远，看样子是要一去不复回。老儒舍不得元宝，只好焚起香来，对空拜祝，元宝这才又飞回他的怀里。从此以后，狐妖再不捉弄老儒，可是老儒讲学的神气却一落千丈，再也没有以往那种傲慢的神情了。刘香畹讲述这件事时，一位友人说："我常听说以德胜妖，从没听说以骂胜妖。这个老儒受到狐妖戏弄，那是他咎由自取。"另一位友人说："假如由周、张、程、朱等贤人骂狐，狐妖必定不会兴妖作怪。可惜这位老儒貌似不俗，其内心庸俗得很。"还有一位友人说："周、张、程、朱等人必定不会轻意口出骂言。只有无才无德的人，才会表现出自己的不良情绪。"刘香畹说："这话可谓是切中了要害。"

亡兄报警

【原文】

庭和又言，有兄死，而吞噬其孤侄者。迫胁侵蚀，殆无以自存。一夕，夫妇方酣眠，忽梦兄仓皇呼曰，起起，火已至。醒而烟焰迷漫，无路可脱，仅破窗得出。喘息未定。室已崩摧。缓须臾，则灰烬矣。次日，急召其侄，尽还所夺。人怪其数朝之内，忽跖忽夷。其人流涕自责。始知其故。此鬼善全骨肉，胜于为厉多多矣。

【译文】

鞠庭和又说：有户人家，兄长死之后，弟弟欺凌压榨孤侄，吞并了所有财产，使孤侄无以生存。一天夜间，弟弟夫妇二人睡得正香，忽然梦见亡兄仓皇地前来呼叫："快起！快起！着火了！"他们醒来一看，室内已经是浓烟弥漫烈火燃烧。因无路可逃，只好破窗而逃。还没来得及喘息，房屋已经崩塌。如果稍迟片刻，二人也就葬身火海，化为灰烬了。第二天，弟弟赶紧把孤侄招来，将所夺的财产全部还给孤侄。人们对他几天之内出现如此惊人的变化感到奇怪，他痛哭流涕地向人们讲述了亡兄报警的手足深情，连连自责不已，人们这才明白是怎么回事。这位亡兄的鬼魂善于保全手足，比起作祟报复来要高明许多。

狐 戏

【原文】　　高淳令梁公钦，官户部额外主事时，与姚安公同在四川司。是时六部规制严，凡有故不能入署者，必遣人告掌印，掌印移牒司务，司务每日汇呈堂，谓之出付。不能无故不至也。一日，梁公不入署，而又不出付。众疑焉。姚安公与福建李公根侯，寓皆相近。放衙后，同往视之。则梁公昨夕睡后，忽闻砰磤撞触声，如怒马腾踏。呼问无应者。悸而起视，乃二仆一御者，裸体相搏，捶击甚苦。然皆缄口无一言。时四邻已睡，寓中别无一人。无可如何，坐视其斗，至钟鸣乃并仆。迨晓而苏，伤痕鳞叠，面目皆败。问之，都不自知。惟忆是晚同坐后门纳凉，遥见破屋址上，有数犬跳踉。戏以砖掷之，嗥而跳。就寝后，遂有是变。意犬本是狐，月下视之未审欤。梁公泰和人，与正一真人为乡里。将往陈诉。姚安公曰：狐自游戏，何预于人？无故击之，曲不在彼，袒曲而攻直，于理不顺。李公亦曰：凡仆隶与人争，宜先克己。理直尚不可纵使有恃而妄行，况理曲乎？梁公乃止。

【译文】　　高淳县令梁钦先生做户部额外主事时，与姚安公同在四川司。当时六部规章制度很严格，凡因故不能按时来署上班的官员，必须派人报告掌印，掌印呈报给司务，司务每日汇报呈堂，称为出付，谁也不能无故不到。

一天，梁钦先生没去上班，也未出付，众人都担心他发生意外。姚安公和福建李根侯先生的住所离梁钦先生近，于是退衙后便共同前往察问。原来梁钦先生昨夜睡后，忽然听到砰砰的撞击声，好像惊马扬蹄，呼问没人应声。他惊起察看，原来是两个仆人和一个车夫光着膀子斗架，打成一团；彼此打得鼻青

脸肿,但都不发一言。当时四邻都已入睡,家中别无一人,他没法拉架,只好坐观他们互相殴斗。晨钟敲响,这才同时仆倒地上,到天亮才苏醒,三人遍体鳞伤,只是记得晚上共同坐在后门乘凉,遥见破屋上有几只狗跳来跳去,他们开玩笑地用砖投掷,狗惨叫着逃走。就寝以后,就莫名其妙地打起架来。他们意识到那几只狗本来是狐,因为月下看不清楚,才误认作狗了。梁钦先生是泰和人,与正一真人同乡,要找正一真人控诉狐妖。姚安公说:"狐妖自己游戏,碍着人的什么事呢?无缘无故地以砖击狐,是你仆人理亏。你找真人控诉,明摆着是为你仆人说话,攻击理直的一方,这在情理上说不过去。"李根侯先生也劝阻说:"凡是自己的仆人与人争斗,应该先管教自己的仆人;就是理直也不能放纵仆人肆意妄为,何况你们没理呢?"梁钦先生听后,便打消了找正一真人的打算。

平心静气退狐妖

【原文】

　　交河老儒刘君琢,名朴,素谨厚,以长者称。在余家设帐二十余年,从兄懋园坦居,从弟东白羲轩,皆其弟子也。尝自河间岁试归,中途遇雨,借宿民家。主人曰:家惟有屋两楹,尚可栖止;然素有魅,不知狐与鬼也。君能不畏,则请解装。不得已宿焉。灭烛以后,承尘上轰轰震响,如怒马奔腾。君琢起著衣冠,长揖仰祝曰:偃蹇寒儒,偶然宿此,欲祸我耶?我非君仇;欲戏我耶?与君素不狎昵,欲逐我耶?今夜必不能行,明朝亦必不能住,何必多此扰攘耶?俄闻承尘上似老媪语曰:客言殊有理,尔辈勿太造次。闻足音橐橐然,向西北隅去,顷刻寂然矣。君琢尝以告门人曰:遇意外之横逆,平心静气,或有解时。当时如怒詈之,未必不抛砖掷瓦。又刘景南尝僦一寓,迁入之夕，大为狐扰。景南诃之曰：我自出钱租宅，汝何得鸠占鹊巢？狐厉声答曰：使君先居此，我续来争，则曲在我。我居此宅五六十年，谁不知者。君何处不可租宅，而必来共住？是恃气相凌也，我安肯让君？景南次日遂移去。何励庵先生曰：君琢所遇之狐，能为理屈；景南所遇之狐，能以理屈人。先兄晴湖曰：屈狐易，能屈于狐难。

【译文】

　　交河老儒刘君琢，名朴，一向淳谨宽厚，素有长者之风。在我家做了二十多年家庭教师，堂兄懋园和堂弟东白，都是他的学生。

　　一次，刘先生参加乡试归来，中途遇到大雨，借宿在一户民家。主人说："家中只有两间空屋可以住宿，可是总有妖魅作怪，不知是狐是鬼。先生如不害怕，就请您进去休息吧。"刘先生没有办法，只好住了进去。灭烛以后，听到承尘纸上轰轰震响，如同怒马奔腾。他起身穿戴好衣冠，仰面对屋顶深施一礼，祷告说："我乃一介寒儒，偶然路宿此室。要害我吗？我与君无仇；要戏弄我吗？我向来没和您开玩笑；要驱逐我吗？今晚我肯定不能走，明晨也必定不住。君何必要多此一举，进行扰攘呢？"接着，听到承尘纸上似乎是一位老太婆的语气说："客人说得很有道理，你们这些晚辈不要放肆无礼。"随后听到一出橐橐的脚步声，集中向西北角走去，顷刻就寂静无声了。刘君琢先生曾告诫学生说："遇到意外险境，平心静气，或许有化解的可能。当时如果破口大骂，鬼魅说不定就要往屋里扔砖头了。"

　　还有，刘景南曾经租借一处住宅，搬进去的当晚，就受到了狐妖的严重骚扰。刘景南呵斥说："我自己出钱租宅，你怎么能鸠占鹊巢呢？"狐妖厉声回答说："如果您先住在这儿，我后到来争，可说是我理亏。可我在这儿住了五六十年了，谁不知道！您为什么偏要租我住的这座房子呢？况且，像这样盛气凌人，我安肯让君！"第二天刘景南就搬走了。何励庵先生说："刘君琢所遇到的狐妖，通情达理；刘景南所遇到的狐妖，能以理服人。"先兄晴湖说："向狐妖低头容易，能使狐妖屈服却很难。"

至死不渝的爱情

【原文】

　　任子田言,其乡有人夜行,月下见墓道松柏间,有两人并坐。一男子年约十六七,韶秀可爱;一妇人白发垂项,佝偻携杖,似七八十以上人。倚肩笑语,意若甚相悦。窃讶何物淫妪,乃与少年狎昵。行稍近,冉冉而灭。次日,询是谁家冢,始知某早年夭折,其妇孀守五十余年,殁而合窆于是也。《诗》曰:谷则异室,死则同穴。情之至也。《礼》曰:"殷人之祔也,离之;周人之祔也,合之。善夫!圣人通幽明之礼,故能以人情知鬼神之情也。不近人情,又乌知《礼》意哉!

【译文】

　　任子田说:他家乡有个人独自在皓月当空的夜晚,行走在乡间小路上,经过一处坟墓,见墓道松柏间并肩坐着二人:一位十六七岁的男子,俊秀可爱;一位白发垂项的老妇,佝偻着身子,手持拐杖,似乎是七八十岁以上的人。可是,他们却亲密地将肩膀靠一起,欢声笑语,看上去彼此十分相爱。他暗自惊讶:这个糟老婆子怎么能与翩翩少年儿如此亲密! 走得稍近一些的时候,老少二人就忽然消失了。第二天,他问那是谁家的坟墓,才知道墓主早年夭折,孀妇寡守五十多年,死后与少夫合葬该墓。《诗经》说:"生则异室,死则同穴。"表明了至深的爱情。《礼记》说:"殷人之礼也离之,周人之礼也合之。善夫!"说明圣人通晓幽明二界的礼仪,所以能够根据人情推知鬼神之情。不近人情的人,又哪能懂得《礼记》的意义呢?

害人反害己

【原文】

甲乙有夙怨。乙日夜谋倾甲，甲知之，乃阴使其党某，以他途入乙家。凡为乙谋，皆算无遗策；凡乙有所为，皆以甲财密助其费，费省而功倍。越一两岁，大见信，素所倚任者皆退听。乃乘间说乙曰：甲昔阴调我妇，讳弗敢言。然衔之实刺骨，以力弗敌，弗敢撄。闻君亦有仇于甲，故效犬马于门下，所以尽心于君者，固以报知遇，亦为是谋也。今有隙可抵，合图之。乙大喜过望，出多金使谋甲。某乃以乙金为甲行赂，无所不曲到。阱既成，伪造甲恶迹，及证佐姓名以报乙，使具牒。比庭鞫，则事皆子虚乌有，证佐亦莫不倒戈，遂一败涂地，坐诬论成。愤恚甚，以昵某久，平生阴事，皆在其手，不敢再举，竟气结死。死时誓诉于地下。然越数十年，卒无报。论者谓难端发自乙。甲势不两立，乃铤而走险，不过自救之兵，其罪不在甲。某本为甲反间，各忠其所事，于乙不为负心，亦不能甚加以罪。故鬼神弗理也。此事在康熙末年。《越绝书》载子贡谓越王曰：夫有谋人之心，而使人知之者，危也。岂不信哉。

【译文】

甲乙二人有矛盾，乙天天想着怎么陷害甲。甲心知乙在暗算自己，便秘密派自己的党友丙通过其他途径投靠了乙家。丙常为乙出谋划策，凡是丙出的点子，都能收到成效。无论乙做什么事，只要由丙经办，丙都从甲家取钱暗中资助，因此乙办事既省钱，效率又高。

一两年后，丙在乙家深受信任重用，乙对以前自己信任重用的人一概不听，专门听取丙的主张。于是丙找了一个适当的机会对乙说："以前甲曾暗中调戏我的妻子，我一直没好意思说出来，实际上我对他早已恨之入骨。但由

于势力上敌不过甲,所以没敢声张纠缠。听说您也与甲有仇,因此我才投奔门下。我之所以对您忠心耿耿,尽心尽力,固然是知恩图报,可也是为了联手对付甲以报调戏我妻之仇。现在刚好有甲的把柄,我们为何不借机整倒他!"

乙一听,大喜过望,拿出许多金钱,十分放心地让丙去用金钱活动,执行害甲之计。于是,丙便用乙的金钱去为甲办事。他收买许多证人,要他们表示愿意出庭作证,证明甲是无辜的,没有恶劣行迹。证人见到金钱都很高兴,而且又不是要求他们做什么太离谱的事,不假思索就答应了。陷阱布成以后,丙将自己伪造出来的甲的恶迹以及一系列证人的名单呈报给乙,让乙书写起诉书。于是,乙以原告身份向官府起诉甲。到开庭审讯时,起诉书上所列的罪状都是子虚乌有,所有证人全部倒戈为甲作证,乙一败涂地,反坐诬告罪,被发配去防守边境。乙发现丙出卖了自己,万分愤恨,但很久以来与丙亲密无间,自己平生做得那些见不得人的勾当丙皆了如指掌,不敢再向丙兴师问罪,竟被活活气死。临终前,他发誓要到阴曹地府控告丙。可是乙死几十年后丙也没有遭到报应。评论这事的人认为事情是甲乙引起的,甲由于势不两立才铤而走险,不过是兴兵自救,罪不在甲。丙本为甲充当内应,忠于其主,说不上对乙负心,也不能过于对丙加罪,因此鬼神不肯受理乙的控诉。这是康熙末年发生的事情。《越绝书》记载子贡对越王说:"有心谋害别人,而让别人知道,这就危险了!"这话岂可不相信呢!

陋 容 退 鬼

【原文】

裘文达公赐第,在宣武门内石虎胡同。文达之前,为右翼宗学。宗学之前,为吴额驸府。吴额驸之前,为前明大学士周延儒第。阅年既久,又窅宎闳深,故不免时有变怪,然不为人害也。厅事西小屋两楹,曰好春轩,为文达燕见宾客地。北壁一门,又横通小屋两楹,童仆夜宿其中,睡后多为魅异出,不知是鬼是狐,故无敢下榻其中。琴师钱生,独不畏,亦竟无他异。钱面有癜风,状极老丑。蒋春农戏曰:是尊容更胜于鬼,鬼怖而逃耳。一日,键户外出,归而几上得一雨缨帽,制作绝佳,新如未试。互相传视,莫不骇笑。由此知是狐非鬼。然无敢取者。钱生曰:老病龙钟,多逢厌贱,自司空以外(文达公时为工部尚书),怜念者曾不数人。我冠诚敝,此狐哀我贫也。欣然取著,狐亦不复摄去。其果赠钱生耶?赠钱生者又何意耶?斯真不可解矣。

【译文】

　　裘文达公的府第,在宣武门内石虎胡同。文达之前是右翼宗学,宗学之前是吴额驸府,吴额驸之前是明朝大学士周延儒的府第。这处府第年代久远,而且宏丽幽深,因此经常闹鬼,不过并不害人。厅堂的西侧有两间小屋,名叫"好春轩",文达先生把它当客厅了。好春轩的北墙上开有一门,横通另外两间小屋。起初童仆们就住在这两间小屋里,可是入睡以后,多被怪魅抬出屋外,也不知是鬼是狐,因此后来没人敢在那两间小屋住。唯有琴师钱生不怕,单身住了进去,却也一直没有出现怪异。钱生面有白癜风,长得又老又丑。蒋春农对他开玩笑说:"看来您长得比鬼还可怕,鬼都被您吓跑了。"

　　一天,钱生锁好房门外出,回来后发现几案上放着一顶雨缨帽,做工精巧,像新的一样。大家互相传看,感到又惊讶又好笑。由此知道屋内的怪魅是狐妖,而不是鬼魂,但没人敢要这顶帽子。钱生说:"我老病龙钟的,人们大多讨厌我。除司空裘公以外,从不曾有几个人怜念我。我的帽子确实很破旧了,这是狐仙同情我太穷了。"高高兴兴地将雨缨帽戴在了头上,而狐妖也没再拿走。这顶帽子果然是狐妖赠送钱生的吗?赠送钱生一顶帽子又是何意?真令人不可理解。

真鬼吓死假鬼

【原文】

　　族叔行止言,有农家妇,与小姑并端丽。月夜纳凉,共睡檐下。突见赤发青面鬼,自牛栏后出,旋舞跳掷,若将搏噬。时男子皆外出守场圃，姑嫂悸不敢语。鬼一一攫搦强污之，方跃上短墙，忽嗷然失声，倒投于地。见其久不动，乃敢呼人。邻里趋视，则墙内一鬼，乃里中恶少某，已昏仆不知人；墙外一鬼屹然立，则社公祠中土偶也。父老谓社公有灵，议至晓报赛。一少年哑然曰：某甲恒五鼓出担粪，吾戏抱神祠鬼卒置路侧，使骇走，以博一笑；不虞遇此伪鬼，误为真鬼惊踣也。社公何灵哉！中一叟曰：某甲日日担粪，尔何他日不戏之而此日戏之也？戏之术亦多矣，尔何忽抱此土偶也？土偶何地不可置，尔何独置此家墙外也？此其间神实凭之，尔自不知耳。乃共醵金以祀。其恶少为父母舁去，困卧数日，竟不复苏。

【译文】

族叔行止说：有一农家的媳妇和小姑子长得挺漂亮。一天，姑嫂二人在月夜乘凉，就共同睡在了院内的屋檐下。突然看见一个红发青面鬼，从牛栏后面出来，旋舞蹦跳着，似乎要把他们吃掉。当时男人们都到村外看守场园，姑嫂吓得没敢出声。鬼将她们二人一一按住进行奸污，事后此鬼跃上短墙正要离去，忽然惨叫一声，又倒在了院内的地上。姑嫂见鬼很久没有动，才敢喊人。邻居纷纷跑来看，见墙内一鬼，是本村某位恶少化装的，已经不醒人事；墙外一鬼，直挺挺地站着，是社公祠中的鬼卒土偶像。

父老认为社公有灵，商议天明后举行祭祀，报谢社公。一位少年哑然失笑，说："某甲常五更起身出来担粪，我开玩笑把神祠的鬼卒抱来放在路边，想把他吓跑，取个乐；不料遇见了这个假鬼，他误认为是真鬼吓昏了。社公又有什么灵呢？"一位老翁说："某甲天天五更起身担粪，你为何早不玩笑晚不玩笑，单单今天开玩笑？开玩笑的办法多了，你为何单单抱来了这个土偶？土偶哪里不可以放，你为何单单放在这家的墙外？这中间自有神灵操纵，是你自己不知道罢了。"

于是，大家共同集资，对社公进行了祭祀。装鬼的恶少被其父母抬回家去，一连卧床数日，不久就死了。

滴 血 验 子

【原文】

从孙树森言，晋人有以资产托其弟而行商于外者，客中纳妇，生一子。越十余年，妇病卒，乃携子归。弟恐其索还资产也，诬其子抱养异姓，不得承父业。纠纷不决，竟鸣于官。官故愦愦，不牒其商所问真赝，而依古法滴血试；幸血相合，乃笞逐其弟。弟殊不信滴血事，自有一子，刺血验之，果不合。遂执以上诉，谓县令所断不足据。乡人恶其贪娼无人理，佥曰：其妇宿与某私昵，子非其子，血宜不合。众口分明，具有征验，卒证实奸状。拘妇所欢鞫之，亦俯首引伏。弟愧不自容，竟出妇逐子，窜身逃去，资产反尽归其兄。闻者快之。按陈业滴血，见《汝南先贤传》，则自汉已有此说。然余闻诸老吏曰：骨肉滴血必相合，论其常也。或冬月以器置冰雪上，冻使极冷；或夏月以盐醋拭器，使有酸咸之味，则所滴之血，入器即凝，虽至亲亦不合。故滴血不足成信谳。然此令不刺血，则商之弟不上诉，商之弟不上诉，则其妇之野合生子亦无从而败。此殆若或使之，未可全咎此令之泥古矣。

【译文】

从孙树森说：有个山西人把资产托付弟弟保管，到外地经商。客居外地时娶了个媳妇，并且生了一个儿子。十几年后，媳妇病死，他便携带儿子返回了家乡。弟弟怕兄长索要资产，硬说哥哥的儿子是抱养的，不得继承父业。纠纷不清，便报了官。官历来糊涂，也不发送公文到兄长经商的地方问问真假，而是按照古法让哥哥做亲子鉴定。幸好父子二人血液融合，便将弟弟笞打一顿，逐出衙门。弟弟不信滴血验亲，自己也有一子，便在家中把自己儿子的血和自己的血滴在一处，父子之血果不融合。于是便以此为由，继续上告，说县令的裁决不足为据。乡邻们厌恶他贪夺兄长资产，不讲道理，都说："他媳妇过去与某人私下相好，所生之子并不是他的亲生骨肉，他们父子的血当然不能相融。"大家众口一辞，证据确凿，最后竟验实了真情。将妇人的相好拘来审问，也供认不讳。弟弟羞得无地自容，驱妇逐子，自己也弃家逃走，反倒把家产都给了哥哥。闻者拍手称快。陈业滴血的故事，见于《汝南先贤传》，可见自汉朝以来就有此说。

可是我听经验丰富的老吏说："通常情况下骨肉之血能融合在一起。如果冬天把盛血的器物放在冰雪上，将器物冻得很冷；或夏天用盐醋擦拭盛血的器物，使器物沾上酸碱气味，所滴之血放到容器里就会凝固，即使是骨肉至亲，也不会互相融合。因此，滴血认亲，根本不足据以定案。"不过，如果这个县令不滴血试验，这个做弟弟的就不会上诉，那么他媳妇与外人私生的儿子也就无从败露。这好像有鬼神暗中驱使县令这样做，所以不可完全归咎这个县令泥古。

孝子至情

【原文】

先兄晴湖言，有王震升者，暮年丧爱子，痛不欲生。一夜偶过其墓，徘徊凄恋，不能去。忽见其子独坐陇头，急趋就之。鬼亦不避。然欲握其手，辄引退。与之语，神意索漠，似不欲闻。怪问其故，鬼哂曰：父子宿缘也，缘尽，则尔为尔我为我矣，何必更相问讯哉！掉头竟去。震升自此痛念顿消。客或曰：使西河能知此义，当不丧明。先兄曰：此孝子至情，作此变幻，以绝其父之悲思，如郗超密札之意耳，非正理也。使人存此见，父子兄弟夫妇，均视如萍水之相逢。不日趋于薄哉！

【译文】

先兄晴湖说：有个叫王震升的人，晚年丧子，痛不欲生。一夜，偶然路过爱子的坟墓，他触景生情，待了好半天，依依不舍，不忍离去。忽然见自己的儿子一人坐在陇头，他急忙往儿子那儿跑。儿子的鬼魂见父亲前来，也没躲避。可王震升要握儿子的手时，儿子却闪开不让他碰。他与儿子说话，儿子一副心不在焉的样子，对他相当冷漠。他问这是什么缘故，儿子的鬼魂笑着说："我们父子缘分已尽，以后你走你的阳关道，我走我的独木桥，何必还要互相问讯呢！"说完竟掉头走了。从此，王震升不再思念儿子了。

有位客人说："如果西河的子夏能够明白这一道理，就不会双目失明了。"先兄说："这位孝子对父亲真可谓用心良苦，他之所以这样做，是要杜绝父亲的悲思，如同郗超密札的用意而已，都不是按正常的情理来行事。假设人人都持这种观念，父子、兄弟和夫妇之间，都视如萍水相逢，人情岂不是日趋淡薄了吗！"

旧情难舍

【原文】

某公纳一姬，姿采秀艳，言笑亦婉媚，善得人意。然独坐则凝然若有思，习见亦不讶也。一日，称有疾，键户昼卧。某公穴窗纸窥之，则涂脂敷粉，钗钏衫裙，一一整饬，然后陈设酒果，若有所祀者。排闼入问，姬蹙然敛衽跪曰："妾故某翰林之宠婢也。翰林将殁，度夫人必不相容，虑或鬻入青楼，乃先遣出。临别，切切私嘱曰：汝嫁我不恨，嫁而得所我更慰。惟逢我忌日，汝必于密室靓妆私祭我；我魂若来，以香烟绕汝为验也。某公曰：徐铉不负李后主，宋主弗罪也。吾何妨听汝。姬再拜炷香，泪落入俎。烟果袅袅然三绕其颊，渐蜿蜒绕至足。温庭筠《达摩支曲》曰：捣麝成尘香不灭，抛莲作寸丝难绝。此之谓欤！虽琵琶别抱，已负旧恩，然身去而心留，不犹愈于同床各梦哉。

【译文】

某公娶了个小妾，不但姿貌秀丽，楚楚动人，而且十分善解人意。可是，每当她独处时，总会一个人发呆，似乎有心事。某公司空见惯，也没感到惊讶。

一天，她自称有病，关起门户来昼卧在床。某公在室外挖破窗纸向室内窥视，见她涂脂敷粉，戴好钗钏，穿上衫裙，周身上下无不精心打扮，然后陈设酒果，似乎要祭祀什么人的亡灵。某公推门而入，盘问她要干什么。她紧皱眉头，整了整衣袖跪在地上说："妾原来是某位翰林的宠婢。翰林临终前，担心他死了夫人必定不会容我，会把我卖入青楼，于是就提前安排我出了府门。临别时，他情恳意切地私嘱我说：'你嫁人我毫无怨恨，我更希望你能有个好归宿。只是希望每逢我的忌日，你一定要在密室中靓妆私自祭祀我；我的灵魂如果前来，就用香烟缠绕在你的周围，作为验证。'"某公说："徐铉不负李后主，宋皇没有怪罪他。我成全你又有何妨。"于是，她开始焚香拜祀。想起翰林对她的一片深情，不禁潸然泪下，果然，袅袅香烟围着她的面颊绕了三周，并逐渐蜿蜒向下，一直缠绕到双足。温庭筠的《达摩支曲》说："捣麝成尘香不灭，拗莲作寸丝难绝。"就是描写的这种情况呀！虽然是再嫁他人，已负旧恩，但身去心留，不比同床异梦强多了吗！

鬼也诳人

【原文】

　　程念伦，名思孝，乾隆癸酉甲戌间，来游京师，弈称国手。如皋冒祥珠曰：是与我皆第二手，时无第一手，遽自雄耳。一日，门人吴惠叔等扶乩，问：仙善弈否？判曰：能。问：肯与凡人对局否？判曰：可。时念伦寓余家，因使共弈。（凡弈谱，以子记数。象戏谱，以路记数。与乩仙弈，则以象戏法行之。如纵第九路横第三路下子，则判曰："九三。"余皆仿此。）初下数子，念伦茫然不解，以为仙机莫测也。深恐败名，凝思冥索，至背汗手颤，始敢应一子，意犹惴惴。稍久，似觉无他异，乃放手攻击。乩仙竟全局覆没，满室哗然。乩忽大书曰：吾本幽魂，暂来游戏，托名张三丰耳。因粗解弈，故尔率答。不虞此君之见困，吾今逝矣。惠叔慨然曰：长安道上，鬼亦诳人。余戏曰：一败即吐实，犹是长安道上钝鬼也。

【译文】

　　程念伦，名思孝，乾隆十八、十九年间来到京师，他棋艺高超堪称国手。如皋人冒祥珠说："他和我都是二流棋手，只是一流的高手还没现身，他就妄自尊大了。"

　　一天，我的学生吴惠叔等人扶乩招仙，众人说："仙人善于对弈吗？"乩仙判说："能。"又问："肯与凡人下一盘吗？"乩仙判说："可。"当时程念伦住在我家，因此让他去与乩仙对弈。（凡弈谱，以子记数。象戏谱，以路记数。与乩仙弈，则以象戏法行之。如纵第九路横第三路下子，则判曰："九三。"余皆仿此）刚下几个子的时候，程念伦茫然不解，以为仙机莫测，唯恐失败坏了自己的名声，凝思苦想，汗流浃背，手脚发颤，许久才敢应落一子，落子后还惴惴不安。过了一段时间程念伦觉得乩仙并无高深技能，于是放手攻击。乩仙越战越败，竟全局覆灭，满室哗然。乩架忽然大字书写说："我本是个幽魂，暂来游戏，托名张三丰。因为自己粗知对弈，也就草率应对。不料受到这位先生的围困，我以后再也不敢吹牛。"吴惠叔感叹地说："长安街上，鬼也会诳人。"我开玩笑说："一败就吐真情，还不过是长安街上的一个钝鬼。"

痴书生遇多情狐

【原文】

　　霍丈易书言，闻诸海大司农曰：有世家子，读书坟园。园外居民数十家，皆巨室之守墓者也。一日，于墙缺见丽女露半面，方欲注视，已避去。越数日，见于墙外采野花，时时凝睇望墙内，或竟登墙缺，露其半身，以为东家之窥宋玉也，颇萦梦想。而私念居此地者皆粗材，不应有此艳质；又所见皆荆布，不应此女独靓妆，心疑为狐鬼。故虽流目送盼，而未通一词。一夕，独立树下，闻墙外二女私语。一女曰：汝意中人方步月，何不就之？一女曰：彼方疑我为狐鬼，何必徒使惊怖？一女又曰：青天白日，安有狐鬼？痴儿不解事至此。世家子闻之窃喜，褰衣欲出，忽猛省曰：自称非狐鬼，其为狐鬼也确矣。天下小人未有自称小人者，岂惟不自称，且无不痛诋小人以自明非小人者。此魅用此术也。掉臂竟返。次日密访之。果无此二女。此二女亦不再来。

【译文】

前辈霍易书听诸海大司农说：有位世家子，在一处坟园读书。园外有几十家居民，都是为大户守墓的。一天，他在园墙的缺口看见一个漂亮姑娘，园墙掩遮半露面，正要仔细注视，那女子却隐去不见了。过了几天，又见那个漂亮姑娘在墙外采摘野花，还不时地往墙里看，后来竟登临墙缺，露出半身。世家子以为是东家女在窥视，不禁心猿意马，想入非非。可是他又一想，附近居民中的女子都很粗陋，不应该有这样细皮嫩肉的漂亮女子；况且，所见附近女子都是荆钗布裙，也不应该单单此女身着艳装。因此，他怀疑是鬼狐，虽然也向对方暗送情波，却从没说过一句话。一天晚上，他独自立在树下，听到墙外有两个女子窃窃私语。一女说："你的心上人正在赏月，你怎么不去陪他？"另一女说："他正在怀疑我是鬼狐，我怎么忍心惊吓他！"前一女又说："青天白日，哪有鬼狐？痴书生竟是这样不解人情。"世家子闻听暗喜，整衣要出去相见，忽然省悟道：自称不是鬼狐，那就肯定是鬼狐。天下小人没有自称小人的，不光说自己不是小人，而且没有一个不痛骂小人，用以表明自己不是小人。看来这两个鬼狐正是用的这种小人之术，前来欺骗自己。想到这里，又掉头返了回来。第二天，他到附近居民中秘密察访，果然没有这两个女子。而这两个女子，从此也再没露过面。

走无常和能见鬼

【原文】

交河及方言曰：说鬼者多诞，然亦有理似可信者。雍正乙卯七月，泊舟静海之南。微月朦胧，散步岸上，见二人坐柳下对谈。试往就之，亦欣然延坐。谛听所说，乃皆幽冥事。疑其为鬼，瑟缩欲遁。二人止之曰：君勿讶，我等非鬼。一走无常，一视鬼者也。问：何以能视鬼？曰：生而如是，莫知所以然。又问：何以走无常？曰：梦寐中忽被拘役，亦莫知所以然也。共话至二鼓，大抵缕陈报应。因问：冥司以儒理断狱耶？以佛理断狱耶？视鬼者曰：吾能见鬼，而不能与鬼语，不知此事。走无常曰：君无须问此，只问己心。问心无愧，即阴律所谓善；问心有愧，即阴律所谓恶。公是公非，幽明一理，何分儒与佛乎？其说平易，竟不类巫觋语也。

【译文】

交河人及方言说：讲鬼怪故事的人大多荒诞无稽，然而这些故事里确实有些值得人借鉴的道理。

雍正十三年七月，他在静海之南泊船休息。当夜月色朦胧，他上岸散步，见二人坐在柳树下谈话。他走过去，二人欣然请他坐下。仔细听二人的谈话内容，原来都是阴曹地府的事。他怀疑二人是鬼，准备起身逃跑。二人阻住他说："请您不要害怕，我俩都不是鬼：一个是走无常，一个是能见鬼。"他问："人怎么能看见鬼呢？"能见鬼的人说："我生来就具有这种功能，自己也弄不清是怎么回事。"他又问："人怎么能走无常，往来阴阳二世呢？"走无常的人说："我常在睡梦中忽然被冥司传去服役，也不知所以然。"他一直听二人谈到二更，大体上都是一些因果报应的事情。他问二人说："冥司是按儒家理论断案，还是按佛家理论断案？"能见鬼说："我虽然能看见鬼，却不能与鬼对话，不知道这事。"走无常说："君不必问这个问题，扪心自问就有答案了。问心无愧，就是阴律中所谓的善；问心有愧，就是阴律中所谓的恶。公是公非，幽明一理，又何必分儒与佛呢？"这一解说既简单又客观，不像是巫师言语。

阴谋害己

【原文】

先师汪文端公言，有欲谋害异党者，苦无善计。有黠者密侦知之，阴裹药以献，曰：此药入腹即死，然死时情状，与病卒无异；虽蒸骨验之，亦与病卒无异也。其人大喜，留之饮。归则以是夕卒矣。盖先以其药饵之，为灭口计矣。公因太息曰：献药者杀人以媚人，而先自杀也。用其药者，先杀人以灭口，而口终不可灭也。纷纷机械何为乎？张樊川前辈时在坐，因言有好娈童者，悦一宦家子。度无可得理，阴属所爱姬托媒妪招之，约会于别墅，将执而胁污焉。届期，闻已至，疾往掩捕。突失足堕荷塘板桥下，几于灭顶。喧呼掖出，则宦家子已遁，姬已鬓乱钗横矣。盖是子美秀甚，姬亦悦之故也。后无故开阁放此姬，婢妪乃稍泄其事。阴谋者鬼神所忌，殆不虚矣。

【译文】

先师汪文端先生说：有个人想铲除异党，可想来想去，也没有好的计策。有个狡黠的人暗中探知这一情况，就秘密献给他一种毒药，说："这药服下后人立马就死，可死时的情况与病死没有区别，就是蒸骨检验，也与病死相同。"害人者闻听大喜，热情挽留献药者，以酒招待。献药者回家后，当天晚上就死了。原来害人者先用献药者所献之药毒死献药者，灭了活口。

汪先生就此事叹息说："献药者用杀人药讨好害人者，结果却毒死了自己。害人者用他的药先杀人灭口，但是终于没有做到灭口。用尽机巧，纷纷暗算，图什么呢？"张樊川前辈当时在坐，接着此事讲了另外一件事：有个爱玩弄娈童的人，看上了一个官宦家的子弟。他思量，一般手段恐怕不能得逞，就暗中让自己的爱姬作诱饵，让她托媒婆牵线，与宦家子在别墅幽会，然后由他突然前往捉奸，以此威胁宦家子委身于他。事情按着他的布置顺利进行。到幽会这天，他听说宦家子已经前来上钩，便慌不择路地飞跑捉奸。由于奔跑过急，失足堕入板桥下的荷花塘里，连忙高呼救命，才像落汤鸡一样被人拯救出来。这时，宦家子已经闻声逃遁，而他的爱姬鬓发撩乱，金钗移位，显然已和宦家子成了好事被宦家子占了便宜。因为宦家子眉清目秀，十分漂亮，爱姬对他一见钟情。后来他无故赶走爱姬，婢妇们才逐步泄露了这件隐事。阴谋是鬼神所忌恨的，这并非虚言。

女鬼托身劝书生

【原文】

先师介公野园言,亲戚中有不畏鬼者,闻有凶宅,辄往宿。或言西山某寺后阁,多见变怪。是岁值乡试,因僦住其中。奇形诡状,每夜环绕几榻间,处之恬然,然亦弗能害也。一夕月明,推窗四望,见艳女立树下,哑然曰:怖我不动,来魅我耶?尔是何怪,可近前。女亦哑然曰:尔固不识我,我尔祖姑也,殁葬此山。闻尔日日与鬼角,尔读书十余年,将徒博一不畏鬼之名耶?抑亦思奋身科目,为祖父光、为门户计耶?今夜而斗争,昼而倦卧,试期日近,举业全荒,岂尔父尔母遣尔裹粮入山之本志哉?我虽居泉壤,于母家不能无情,故正言告尔。尔试思之。言讫而隐。私念所言颇有理,乃束装归。归而详问父母,乃无是祖姑。大悔,顿足曰:吾乃为黠鬼所卖。奋然欲再往。其友曰:鬼不敢以力争,而幻其形以善言解,鬼畏尔矣,尔何必追穷寇!乃止。此友可谓善解纷矣。然鬼所言者正理也,正理不能禁,而权词能禁之。可以悟销熔刚气之道也。

【译文】

先师介野园先生说:他的亲戚中有个不怕鬼的书生,专门找凶宅住。有人说西山某寺的后阁常见变怪。当年正值乡试,他也就寓居在了该寺的后阁。果然,室内鬼影幢幢,奇形怪状,每夜都环绕在床案周围。书生神态恬然,视而不见,置若罔闻,鬼也不能害他。

一天夜晚月亮很明,他开窗四望,见一位美女立在树下,不禁放声大笑,说:"你们看我不害怕,又来迷惑我吗?你是什么鬼怪,可以到近前来。"女子也放声大笑说:"你原来不认识我,我是你姑奶奶,死后葬在了这座山里。听说你天天与鬼较量,你读了十几年书,就是为博取一个不怕鬼的空名吗?还是想努力考个功名,光宗耀祖,为门户基业着想呢?你现在夜间与鬼斗争,白天疲乏无力昏昏欲睡，试期日近，学业荒废，难道这就是你父母筹备吃穿送你进山的目的吗？我尽管身居黄壤，但对娘家不能无情无义，因此才对你好言相劝。你好好想一下吧。"说完隐身而去。书生暗自寻思，姑奶奶的话很有道理，便整装返回家中。到家后详细盘问父母，家谱上根本就没有这样一个姑奶奶。书生大为懊悔。跺着脚说："原来我被鬼骗了。"奋身而起，要再次前往。他的朋友说："鬼不敢以力与君争斗，才幻化形貌进行好言劝解，这已经说明鬼怕你了。你为什么还要穷追不舍呢？"书生听后，也就没再前往。这位朋友可谓善于调解纠纷啊。不过，那个女鬼所说的话才是正理。正理不能禁止的行为，权宜之词却能禁止，我们可以从中参悟缓和化解血气之争的道理。

斗　鬼

【原文】

　　曹慕堂宗丞言，有夜行遇鬼者，奋力与角，俄群鬼大集，或抛掷沙砾，或牵拽手足。左右支吾，大受捶击，颠踬者数矣。而愤恚弥甚，犹死斗不休。忽坡上有老僧持灯呼曰：檀越且止！此地鬼之窟宅也。檀越虽猛士，已陷重围，客主异形，众寡异势，以一人气血之勇，敌此辈无穷之变幻，虽贲、育无幸胜也，况不如贲、育者乎？知难而退，乃为豪杰。何不暂忍一时，随老僧权宿荒刹耶！此人顿悟，奋身脱出，随其灯影而行。群鬼渐远，老僧亦不知所往。坐息至晓，始觅得路归。此僧不知是人是鬼，可谓善知识耳。

【译文】

　　曹慕堂宗丞说：有夜行遇见鬼的人，奋力与鬼搏斗。一会儿，群鬼蜂拥而至，有的投掷沙砾，有的拉他的手脚。这人左右抵抗，腹背受敌，多次颠扑在地。因此更加愤怒，继续拼斗，不肯罢手。忽然坡上有位老僧持灯呼唤说："请施主暂且停手！这是鬼的住区，施主虽然是个猛士，但已经陷入鬼的重重包围之中。您势单力孤，靠一人的勇敢，来抵御群鬼无穷的变幻，就是古代的著名勇士孟贲和夏育也无取胜的希望，更何况是施主呢？知难而退，才是俊杰。何不暂忍一时，随老僧暂且住在破庙里去！"这人一听，恍然大悟，于是奋身冲出鬼群，随着灯影前进。群鬼渐离渐远，老僧也不知去了何方。他坐着休息到天亮，才寻得归路。这位老僧不论是不是鬼，都可谓善知识啊！

鬼　卖　茶

【原文】

从侄虞惇言：闻诸任丘刘宗万曰：有旗人赴任丘催租，适村民夜演剧，观至二鼓乃散。归途酒渴，见树旁茶肆，因系马而入。主人出，言火已熄，但冷茶耳。入室良久，捧茶半杯出，色殷红而稠粘，气似微腥。饮尽，更求益。曰：瓶已罄矣，当更觅残剩。须坐此稍待，勿相窥也。既而久待不出，潜窥门隙，则见悬一裸女子，破其腹，以木撑之，而持杯刮取其血。惶骇退出，乘马急奔。闻后有追索茶钱声，沿途不绝。比至居停，已昏瞀坠仆。居停闻马声出视，扶掖入。次日乃苏，述其颠末。共往迹之，至系马之处，惟平芜老树，荒冢累累，丛棘上悬一蛇，中裂其腹，横支以草茎而已。此与裴铏《传奇》载卢涵遇盟器婢子杀蛇为酒事相类。然婢子留宾，意在求偶。此鬼鬻茶胡为耶？鬼所需者冥镪，又向人索钱何为耶？

【译文】

从侄虞惇听任丘人刘宗万说：有位旗人到任丘催租，正好赶上村民夜间演戏，看到二更天才散。由于饮了一些酒，回来的路上口渴得厉害，见树旁有个茶馆，就拴好马入馆要茶。主人出来告诉他店中熄了火，只有冷茶。说完进入室内，好久才捧出半杯茶来，茶色殷红，粘乎乎的，而且还有点血腥味。他因口渴，一饮而尽，并继续索要。店主说："瓶内的茶已经光了，我去给你找些残剩的。不过，你要坐在这里等会，千万别偷窥内室。"他等了很久，店主还没出来，便偷偷从门隙向内窥视。只见一个女子赤身裸体被悬在空中，腹部被剖开，用木棍撑着腹腔，店主正执杯刮取她腹内的血液。他慌里慌张地从店里跑出来，赶忙骑上马逃命。听见身后传来店主索要茶钱的喊声，沿途一直声不绝耳，等来到住所，已经昏迷从马上摔了下来。住所的人听到马声出来察看，把他扶到屋内。第二天他才苏醒，向人们讲述了他夜间的遭遇。众人随他前往察看，来到系马的地方，并没什么酒店，只有旷野老树，大大小小的坟茔，荆棘丛上悬挂着一条蛇，腹部被从中剖裂，腹腔被一根草根撑着。这与裴铏《传奇》所载卢涵遇到盟器婢女杀蛇为酒一事相似。可是，婢女留宾意在求偶。这鬼卖茶的目的是什么呢？鬼所需要的是冥钱，向人索钱干什么用呢？

青楼奇女子

【原文】

　　同郡某孝廉未第时，落拓不羁，多来往青楼中。然倚门者视之，漠然也。惟一妓名椒树者（此妓佚其姓名，此里巷中戏谐之称也）独赏之，曰：此君岂长贫贱者哉！时邀之狎饮，且以夜合资供其读书。比应试，又为捐金治装，且为其家谋薪米。孝廉感之，握臂与盟曰：吾傥得志，必纳汝。椒树谢曰：所以重君者，怪姊妹惟识富家儿；欲人知脂粉绮罗中，尚有巨眼人耳。至白头之约，则非所敢闻。妾性冶荡，必不能作良家妇；如已执箕帚，仍纵怀风月，君何以堪！如幽闭闺阁，如坐囹圄，妾又何以堪！与其始相欢合，终致仳离，何如各留不尽之情，作长相思哉！后孝廉为县令，屡招之不赴。中年以后，车马日稀，终未尝一至其署。亦可云奇女子矣。使韩淮阴能知此意，乌有鸟尽弓藏之憾哉！

【译文】

　　同郡人某孝廉没有及第时，放荡不羁，经常出入烟花柳巷。可是，青楼女子多冷漠而不理他。只有一位绰号"椒树"的妓女很赏识他，说："此君岂是长期贫贱的人呢！"时常邀请孝廉合欢饮酒，并用自己的卖身钱供孝廉读书。到应试时，又拿钱给他作盘缠，并为他家买米买柴，以解后顾之忧。孝廉十分感激，握着椒树的手向她许愿说："如果我能得志，一定娶你。"椒树辞谢说："我之所以看重郎君，是嫌姊妹们嫌贫爱富，要让人知道脂粉队伍中并非没有识人眼而已。至于白头之约，就不是我敢于听从的了。我生性放荡，必定不能做良家妇；如果已是君妻，仍然纵怀风月，郎君如何能够忍受这种耻辱呢！如果在深阁之中，像坐牢一样，妾哪里忍得了这种寂寞呢！与其开始互相欢合，终究是要离别，哪如各自保留一份未尽的情爱，来作长相思呢！"后来孝廉做了县令，屡次招唤椒树，她都没去。椒树中年

以后，找他的客人越来越少，也终究没有到他的官署去一次。这也可称得上是一位奇女子了。假若汉代的淮阴侯韩信懂得椒树的心思，哪还会有"鸟尽弓藏"的憾恨呢！

狐女识伪

【原文】

陈裕斋言，有僦居道观者，与一狐女狎，靡夕不至。忽数日不见，莫测何故。一夜，搴帘含笑入。问其旷隔之由。曰：观中新来一道士，众目曰仙。虑其或有神术，姑暂避之。今夜化形为小鼠，自壁隙潜窥，直大言欺世者耳。故复来也。问：何以知其无道力？曰：伪仙伪佛，技止二端：其一故为静默，使人不测；其一故为颠狂，使人疑其有所托。然真静默者，必淳穆安恬，凡矜持者伪也。真托于颠狂者，必游行自在，凡张皇者伪也。此如君辈文士，故为名高，或迂僻冷峭，使人疑为狷；或纵酒骂座，使人疑为狂，同一术耳。此道士张皇甚矣，足知其无能为也。时共饮钱稼轩先生家，先生曰：此狐眼光如镜，然词锋太利，未免不留余地矣。

【译文】

陈裕斋说：有个人借住在道观，与一个狐女相好，狐女每天都来和他约会。

忽然一连几夜没来,他猜不透是何原因。一天夜晚,狐女笑着走进门来。他问狐女为什么一连几天没来。狐女说:"观中新来了一个道士,众人把他看成仙人。我担心他或许真有神术,就暂时躲了起来。今晚我就变成小老鼠,从墙缝中偷偷观察,原来他不过是个靠吹牛、蒙蔽世人的骗子。因此,我就又来了。"这人问:"你怎么知道他没有神术?"狐女说:"凡是伪仙伪佛,只有两种骗人手段:其一是故作静默,让人猜不透;再就是故作癫狂,使人怀疑他有所依托。可是,真正的静默者,必定恬静安祥,神态自然,凡是矜持拘束的,都是骗子;真托于癫狂者,必定行动自如,无所顾忌,凡是忐忑不安的,都是冒牌货。这好像你们文士一样,为了提高名声,或者装清高使人疑为狷,或者纵酒骂座使人疑为狂,都是手段相同的求名之术。这个道士相当张皇不安,因此我深信他没什么本事。"

陈裕斋讲述这件事时,大家正在钱稼轩先生家饮酒。钱先生说:"这个狐女目光敏锐,然而言辞过于尖锐,未免太不留情面了。"

替子还债

【原文】

黎荇塘言,有少年,其父商于外,久不归。无所约束,因为囊家所诱,博负数百金。囊家议代出金偿众,而勒写鬻宅之券。不得已从之。虑无以对母妻,遂不返其家,夜入林自缢。甫结带,闻马蹄隆隆,回顾,乃其父归也。骇问:何以作此计?度不能隐,以实告。父殊不怒,曰:此亦常事,何至于此!吾此次所得尚可抵。汝自归家,吾自往偿金索券可也。时囊家博未散,其父突排闼入。本皆相识,一一指呼姓字,先斥其诱引之非,次责以逼迫之过。众错愕无可置词。既而曰:既不肖子写宅券,吾亦难以博诉官。今偿汝金,汝明日分给众人,还我宅券可乎?囊家知理屈,愿如命。其父乃解腰缠付囊家,一一验入。得券即就灯焚之,愤然而出。其子还家具食,待至晓不归。至囊家侦控,曰:已焚券去。方虑有他故。次日,囊家发箧,乃皆纸铤。金所亲收，众目共睹，无以自白，竟出己囊以偿，颇自疑遇鬼。后旬余，讣音果至，殁已数月矣。

【译文】

黎荇塘说：有个少年，父亲在外地经商，长期不在家。少年缺乏管教，因为聚众赌博头家引诱他参加赌博，让他输了几百金。头家提出代他偿还，逼他写卖房书。少年迫不得已，只好写了卖房书。他自愧无以面对母亲和妻子，便没回家，夜间一个人跑到树林，要上吊自杀。刚结好索带，听见马蹄声响，回头一看，原来是在外经商的父亲回来了。父亲一见儿子要上吊，吃惊地问："怎么要走这条路呢？"少年思量不能继续隐瞒，如实地告诉了父亲。父亲听后一点儿也没对儿子发怒，说："这也属于常事，何至于此！我这次经商所得的钱财还可以抵偿这笔赌债。你先自己回家，我一个人去还赌债，把卖房书拿回来就是了。"当时头家的赌局还没有散场，少年之父突然推门而入。他与赌徒们本来就相互认识，一一指呼姓名，先数落他们诱骗少年赌博，又斥责他们逼子卖房。众人都很惊愕，无言回辩。接着他又说："既然不肖子已经写了卖宅券，我也难以赌博向官府起诉。现在偿还你们的赌金，你头家明天分给众人，把房契还给我总可以吧？"头家自知理屈，表示从命。于是他解下腰缠，把钱交付头家，当众检验清楚。卖宅券一到手，便立即在灯火上烧毁，气冲冲地出门而去。少年回家为父准备饭菜，可是等到天亮父亲也没回家。他到头家去问，头家说："已经将宅券烧毁走了。"少年正在怀疑其中别有缘故，次日，头家打开箱子，发现老翁昨夜给他的银钱全是冥币。银钱是他亲自验收的，众赌徒有目共睹，他解释不清，只好拿自己的钱偿还少年的赌债。因此，他怀疑自己是遇上了鬼。十多天后，果然传来了少年之父的死讯，原来他几个月前就去世了。

狐　　妻

【原文】

　　冯平宇言，有张四喜者，家贫佣作。流转至万全山中，遇翁姁留治圃。爱其勤苦，以女赘之。越数岁，翁姁言往塞外省长女，四喜亦挈妇他适。久而渐觉其为狐，耻与异类偶，伺其独立，潜弯弧射之，中左股。狐女以手拔矢，一跃直至四喜前，持矢数之曰：君太负心，殊使人恨！虽然，他狐媚人，苟且野合耳。我则父母所命，以礼结婚，有夫妇之义焉。三纲所系，不敢仇君；君既见弃，亦不敢强住聒君。握四喜之手痛哭，逾数刻，乃蹶然逝。四喜归，越数载，病死，无棺以敛。狐女忽自外哭入，拜谒姑舅，具述始末；且曰：儿未嫁，故敢来也。其母感之，詈四喜无良。狐女俯不语。邻妇不平，亦助之詈。狐女瞋视曰：父母詈儿，无不可者。汝奈何对人之妇，詈人之夫！振衣竟出，莫知所往。去后，于四喜尸旁得白金五两，因得成葬。后四喜父母贫困，往往于盎中箧内无意得钱米，盖亦狐女所致也。皆谓此狐非惟形化人，心亦化人矣。或又谓狐虽知礼，不至此，殆平宇故撰此事，以愧人之不如者。姚安公曰：平宇虽村叟，而立心笃实，平生无一字虚妄；与之谈，讷讷不出口，非能造作语言者也。

【译文】

据冯平宇说：有个叫张四喜的人，因家贫，靠给人打工为生。流落到万全山中，被一位老夫妇收留，在其菜园做活。老夫妇见他勤劳刻苦，就招他做了上门女婿。

过了几年，老夫妇说要去塞外看望长女，四喜也带着他妻子离开了。时间久了，张四喜逐渐发现他妻子原来是狐狸精，觉得和狐狸成亲很羞耻，趁她单独站在某处时，偷偷拿箭射她，射中狐女的左腿。狐女用手拔出箭，一下子跳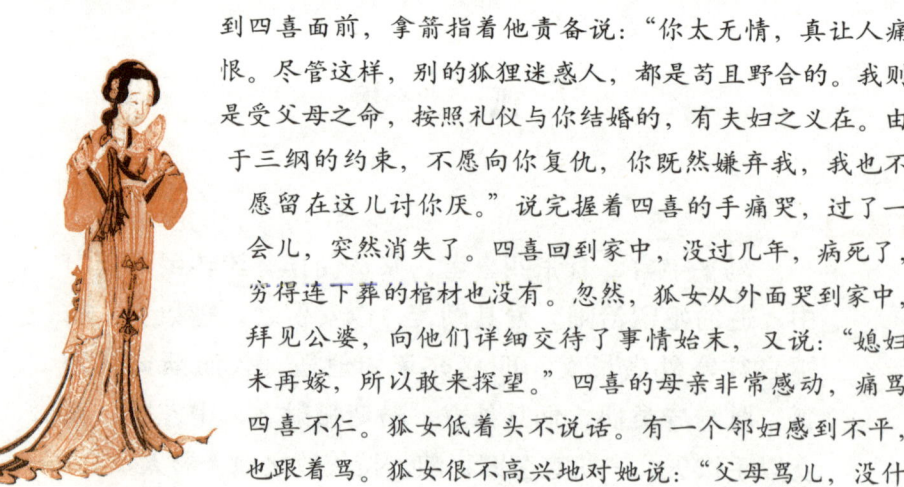到四喜面前，拿箭指着他责备说："你太无情，真让人痛恨。尽管这样，别的狐狸迷惑人，都是苟且野合的。我则是受父母之命，按照礼仪与你结婚的，有夫妇之义在。由于三纲的约束，不愿向你复仇，你既然嫌弃我，我也不愿留在这儿讨你厌。"说完握着四喜的手痛哭，过了一会儿，突然消失了。四喜回到家中，没过几年，病死了，穷得连下葬的棺材也没有。忽然，狐女从外面哭到家中，拜见公婆，向他们详细交待了事情始末，又说："媳妇未再嫁，所以敢来探望。"四喜的母亲非常感动，痛骂四喜不仁。狐女低着头不说话。有一个邻妇感到不平，也跟着骂。狐女很不高兴地对她说："父母骂儿，没什么不可以的。你怎能当着人家的妻子,骂人家的丈夫!"怒冲冲地拂衣就走,不知哪里去了。她离开后,人们在四喜的尸身旁边发现五两白金,用它安葬了四喜。四喜父母很贫穷,但总能在箱子或盆中意外地发现钱米,大约也是狐女所给的。听者都说这个狐女不但身形化作人,心地也像人一样善良。有人又说,狐精即使知礼,恐怕到不了这种地步,很可能是平宇故意编造一个故事,使那些不如狐女的人感到惭愧。姚安公说:"平宇虽然是个村叟,但为人忠厚老实,平生没说过一句谎话;与他谈话,都出言迟钝,不是能够编造故事的人啊。"

侍姬沈氏

【原文】

　　侍姬沈氏,余字之曰明玕。其祖长洲人,流寓河间,其父因家焉。生二女,姬其次也。神思朗彻,殊不类小家女。常私语其姊曰:我不能为田家妇。高门华族,又必不以我为妇。庶几其贵家媵乎?其母微闻之,竟如其志。性慧黠,平生未尝忤一人。初归余时,拜见马夫人。马夫人曰:闻汝自愿为人媵,媵亦殊不易为。敛衽对曰:惟不愿为媵,故媵难为耳。既愿为媵,则媵亦何难!故马夫人始终爱之如娇女。尝语余曰:女子当以四十以前死,人犹悼惜。青裙白发,作孤雏腐鼠,吾不愿也。亦竟如其志,以辛亥四月二十五日卒,年仅三十。初仅识字,随余检点图籍,久遂粗知文义,亦能以浅语成诗。临终,以小照付其女,口诵一诗,请余书之,曰:三十年来梦一场,遗容手付女收藏。他时话我生平事,认取姑苏沈五娘。泊然而逝,方病剧时,余以侍值圆明园,宿海淀槐西老屋。一夕,恍惚两梦之,以为结念所致耳。既而知其是夕晕绝,移二时乃苏,语其母曰:适梦至海淀寓所,有大声如雷霆,因而惊醒。余忆是夕,果壁上挂瓶绳断堕地,始悟其生魂果至矣。故题其遗照有曰:几分相似几分非,可是香魂月下归?春梦无痕时一瞥,最关情处在依稀。又曰：到死春蚕尚有丝，离魂倩女不须疑。一声惊破梨花梦，恰记铜瓶坠地时。即记此事也。

【译文】

　　侍姬沈氏，我为她取名明玕。她的祖父是长洲人，辗转来到河间，她的父亲就在那里安家了。他家有两个女儿，她排行第二。思维敏捷气度不凡，绝不像小户人家的女儿。曾私下对她姐姐说："我不肯嫁作农家妇。高门华族，又一定不会以我为主妇。可能将来要做富贵人家的小妾吧？"其母偷听了她的话，后来竟依从了她的愿望。她的性情聪慧、乖巧，生平从未得罪过任何人。当初嫁给我时，拜见马夫人。马夫人对她说："听说你自愿为妾，做妾可不是件容易的事。"她整一整衣袖，答道："要是不愿做妾，妾就很难做；既然愿意做妾，妾又怎会难做！"所以马夫人始终像对女儿一样疼爱她。她曾对我说："女子应当在四十岁以前死去，这样人们就会很怀念她。如果活到黑裙白发之时，像孤鸡死鼠一样没意思，我可不愿活到那年岁。"她后来真没活到四十岁，她死于辛亥年四月二十五日，年仅三十岁。

　　当初她只认得几个字，后来常常随我检点书籍，就渐渐粗知文义了，能用较浅显的词语作诗。临终时，将自己的画像交给她女儿，并口诵一诗，请我书写下来，诗云："三十年来梦一场，遗容手付女收藏。他时话我平生事，认取姑苏沈五娘。"说完宁静地去世了。当初她病重时，我在圆明园当班，宿于海淀槐西老屋。一天夜里，两次恍惚梦见她，原以为是太想她了。过后才知她在那夜昏迷，两个时辰后才苏醒，对她母亲说："刚才梦见到了海淀寓所，有打雷声，把我惊醒了。"我记得那夜里，真的是墙上的挂瓶因绳断而掉到地上，发出声响，这才知道她的魂魄果然来到这里。因此，我在其遗像上题诗道："几分相似几分非，可是香魂月下归？春梦无痕时一瞥，最关情处在依稀。"又道："到死春蚕尚有丝，离魂倩女不须疑。一声惊破梨花梦，恰记铜瓶坠地时。"就是纪念此事的。

鬼　友

【原文】

　　李又聃先生言，有张子克者，授徒村落，岑寂寡俦。偶散步场圃间，遇一士，甚温雅。各道姓名，颇相款洽。自云家住近村，里巷无可共语者，得君如空谷之足音也。因共至塾，见童子方读《孝经》。问张曰：此书有今文古文，以何为是？张曰：司马贞言之详矣。近读《吕氏春秋》，见《审微》篇中引诸侯一章，乃是今文。七国时人所见如是，何处更有古文乎？其人喜曰：君真读书人也。自是屡至塾。张欲报谒，辄谢以贫无栖止，夫妇赁住一破屋，无地延客。张亦遂止。一夕，忽问：君畏鬼乎？张曰：人未离形之鬼，鬼已离形之人耳，虽未见之，然觉无可畏。其人恶然曰：君既不畏，我不欺君，身即是鬼。以生为士族，不能逐焰口争钱米。叨为气类，求君一饭可乎？"张契分既深，亦无疑惧，即为具食，且邀使数来。考论图籍，殊有端委。偶论太极无极之旨，其人怫然曰：于传有之：天道远，人事迩。《六经》所论皆人事，即《易》阐阴阳，亦以天道明人事也。舍人事而言天道，已为虚杳；又推及先天之先，空言聚讼，安用此为？谓君留心古义，故就君求食。君所见乃如此乎？拂衣竟起，倏已影灭。再于相遇处候之，不复睹矣。

【译文】

据李又聃先生说：有一位叫张子克的人，在村子里教学，他甘于寂寞而很少交友。在田园中散步，偶遇一位文士，温文尔雅。他们互通姓名，谈得很投机。此人自称住在邻村，在里巷中找不到可以倾谈的人，好不容易才碰上一位君子。于是二人一起去子克教学的村塾，见孩子们正在诵读《孝经》。此人问张说："这本书有今文与古文之别，应该以什么为准？"张答："对此司马贞已经说得很详细了。我最近读《吕氏春秋》，见《审微》篇所引此书的《诸侯》一章，就是今文。战国时人们都持这种观点，哪里还会有古文《孝经》呢？"此人高兴地说："你真是名副其实的读书人啊。"从此他总来村塾。张想去他所住的地方回访，他总是婉言谢绝说他穷得没地方定居，夫妇俩暂租了一间破屋，无法招待客人。张也就不再要求了。

有天晚上，他忽然问张说："你怕鬼吗？"张答："人是还未脱离形体的鬼，鬼是脱离形体的人，虽未见过，但想来没什么可怕的。"这人样子很惭愧地说："你既然不怕，我也不想瞒你，我就是鬼。因生时为士族，不能在放焰口的佛事时与其他饿鬼争夺钱米。我已经饿得不行了，你能赏我口饭吃吗？"张与他交情既深，也不疑惧，就为他安排饭食，而且邀请他经常来。他在考证论述图书史籍方面，总是头头是道。

一次，张谈论起太极、无极的意思，这人很不高兴地说："经传中有这样的话：天道远，人事近。《六经》所谈论的都是人事，即使《周易》阐述阴阳，也是要以天道昭示人事。舍弃人事而谈天道，已是虚无缥缈了；又推到先天之前，在这种毫无意义的东西上争论不休，这有什么用呢？本来认为你在古代经义上下功夫，所以与你交往，向你求食。难道你的见识竟是这样的吗？"说毕拂袖而起，一下子人影俱灭。张子克后来又去最初与他见面的地方等候他，却再也没有见到。

狐女报仇

【原文】

　　法南野又说一事曰：里有恶少数人，闻某氏荒冢有狐，能化形媚人。夜携置罝布穴口，果掩得二牝狐。防其变幻，急以锥刺其髀，贯之以索，操刃胁之曰：尔果能化形为人，为我辈行酒，则贷尔命。否则立磔尔！二狐嗥叫跳掷，如不解者。恶少怒，刺杀其一。其一乃人语曰：我无衣履，及化形为人，成何状耶？又以刃拟颈。乃宛转成一好女子，裸无寸缕。众大喜，迭肆无礼，复拥使侑觞，而始终掣索不释手。狐妮妮软语，祈求解索。甫一脱手，已瞥然逝。归未到门，遥见火光，则数家皆焦土，杀狐者一女焚焉。知狐之相报也。狐不扰人，人乃扰狐，多行不义，其及也宜哉。

【译文】

　　法南野又讲一事说：其里巷有几个品性恶劣的恶少，听说某家坟冢中有狐狸，能变化成人形迷惑人。他们夜里来到坟冢，在洞口布上罗网，果然捉到两只母狐。为了防止她们变化逃走，他们还用锥子在她们腿上刺出洞，并用绳子穿起来，拿着刀威胁说："你们如果能幻化为人，为我们斟酒，就饶了你们，否则就把你们碎尸万段。"两只狐狸又叫又窜奋力挣扎，似乎听不懂。恶少们发起怒来，杀死一只。另一只于是用人的语言说："我没有衣裳鞋子，等到化形为人，成什么样子。"恶少们又把刀放在她颈上威胁。于是变成一个美貌女子，一丝不挂。众恶少大喜，轮番欺辱她，又拥抱着使她陪酒，但始终牵着绳索不放手。狐精极尽温柔，说尽好话，祈求解开绳索。绳索刚一解开，一下子就不见了。恶少们回家时，很远就看见火光，他们几家都化为灰烬了，其中杀狐的那人家里一女儿被烧死。这才知道是狐狸来报仇了。狐狸不来扰人，人反而去扰狐，又"多行不义"，化为灰烬活该落到这种下场。

侍 郎 夫 人

【原文】

某侍郎夫人卒，盖棺以后，方陈祭祀，忽一白鸽飞入帏，寻视无睹。 俶扰间，烟焰自棺中涌出，边薨累栋，顷刻并焚。闻其生时，御下严，凡买女奴，成券入门后，必引使长跪，先告诫数百语，谓之教导；教导后，即褫衣反接，挞百鞭，谓之试刑。或转侧，或呼号，挞弥甚。挞至不言不动，格格然如击木石，始谓之知畏，然后驱使。安州陈宗伯夫人，先太夫人姨也，曾至其家。常曰其僮仆婢媪，行列进退，虽大将练兵，无如是之整齐也。又余常至一亲串家，丈人行也，入其内室，见门左右悬二鞭，穗皆有血迹，柄皆光泽可鉴。闻其每将就寝，诸婢一一缚于凳，然后覆之以衾，防其私遁或自戕也。后死时，两股疽溃露骨，一若杖痕。

【译文】

某侍郎的夫人死了，盖棺以后，正在摆放祭祀物品时，突然见一白鸽飞入帏帐，再找就看不见了。正当大家惊慌失措之时，烟火从棺材中窜出，连同整座房屋，一下子烧得干干净净。听说这位夫人活着的时候，对下人很苛刻：每次买回女奴，立完契约入门后，一定要带来对她长跪，先告诫女奴几百句话，称之为教导；教导后，又脱掉她们的衣服，将其反绑，抽一百鞭，称之为试刑。如果有人敢挣扎反抗或大哭大叫，则打得更多。一直打到不出声音也不动了，鞭子落在身上发出格格的响声，像打在木头或石头上，这才叫作知畏，然后才驱使她们干活。安州陈宗伯夫人，即先太夫人的姨母，曾经去过她家，常说她家的仆人，排成队列出入进退，即使是大将操练的兵马，也不如他们整齐。

此外，我常到一丈人辈的亲戚家，进入内室，见门内左右悬挂着两根鞭子，穗子上都有血迹，鞭柄则光亮得可以照见东西。听说他每天临睡前，都要将婢女们一一捆到长凳上，然后盖上被子，防止她们偷偷逃跑或自杀。后来这位亲戚死时，两腿溃烂到露出骨头，和受刑杖打伤的没什么两样。

鬼 吵 架

【原文】

　　旧仆兰桂言，初至京师，随人住福清会馆，门以外皆丛冢也。一夜月黑，闻汹汹喧呶声、哭泣声，又有数人劝谕声。念此地无人，是必鬼斗；自门隙窃窥，无所睹。屏息谛听，移数刻，乃一人迁其妇柩，误取他家柩去。妇故有夫，葬亦相近，谓妇为此人所劫，当以此人妇相抵。妇不从而诟争也。会逻者鸣金过，乃寂无声。不知其作何究竟，又不知此误取之妇他年合窆又作何究竟也。然则谓鬼附主而不附墓，其不然乎！

【译文】

　　老仆兰桂说：刚到京城时，和别人一起住在福清会馆，门外是乱坟岗。某天黑夜，听到喧哗声、哭泣声，又有几个人的劝解声。他心想此地无人居住，这必然是鬼在吵架；从门缝向外偷看，什么也看不到。他屏住呼吸仔细听了一段时间，才弄清原来是一个给妻子迁坟，误将别人家妻子的棺柩迁走。被迁走棺柩的妇人本有丈夫，也葬在附近。她的丈夫说自己的妻子被别人劫走了，当以误迁棺柩人的妻子抵偿，但那人的妻子不愿意，于是双方吵了起来。恰值此时，巡逻值夜人敲锣走过，一切声音都消失了。不知结果怎样，又不知误取别人妻子棺柩的人，他年合葬时的情景又会怎样。但是，认为鬼附于主人而不附于墓地的见解，大概是错误的吧！

宋　　遇

【原文】

奴子宋遇，凡三娶。第一妻，自合卺即不同榻，后竟仳离。第二妻，子必孪生，恶其提携之烦，乳哺之不足，乃求药使断产。误信一王媪言，舂砺石为末，服之，石结聚肠胃死。后遇病革时，口喃喃如与人辩。稍苏，私语其第三妻曰：吾出初妻时，吾父母已受人聘，约日迎娶，妻尚未知。吾先一夕引与狎，妻以为意转，欣然相就。五更尚拥被共眠，鼓吹已至，妻恨恨去。然媒氏早以未尝同寝告后夫，吾母兄亦皆云尔。及至，彼非完璧，大遭疑诟，竟郁郁卒。继妻本不肯服石，吾痛捶使咽尽。殁后惧为厉，又贿巫斩殃，今并恍惚见之，吾必不起矣。已而果然。又奴子王成，性乖僻，方与妻嬉笑，忽叱使伏受鞭。鞭已，仍与嬉笑，或方鞭时，忽引起与嬉笑。既而曰：可补鞭矣。仍叱使伏受鞭。大抵一日夜中，喜怒反复者数次。妻畏之如虎，喜时不敢不强欢，怒时不敢不顺受也。一日，泣诉先太夫人，呼成问故，成跪启曰：奴不自知，亦不自由，但忽觉其可爱，忽觉其可憎耳！先太夫人曰：此无人理。殆佛氏所谓夙冤耶？虑其妻或轻生，并遣之去。后闻成病死，其妻竟著红衫。夫夫为妻纲，天之经也。然尊究不及君，亲究不及父，故妻又训齐，有敌体之义焉。则其相与，宜各得情理之平。宋遇第二妻，误杀也，罪止太悍。其第一妻，既已被出而受聘，则恩义已绝，不当更以夫妇论，直诱污他人未婚妻耳，因而致死。其取偿也宜矣。王成酷暴，然未致妇于死也，一日居其室，则一日为所天。殁不制服，反而从吉，其悖理乱常也。其受虐，固无足悯焉。

【译文】

家奴宋遇共结过三次婚：和第一个妻子从结婚那天起就没有同床，后来终于休弃了。第二个妻子只要生孩子必定是双胞胎，他受不了孩子多和乳哺不足造成的麻烦，就寻找绝育的药。结果误信了一位姓王的老妇人的话，将石头碾成粉末让他妻子服下，结果她妻子因石粉结在体内病故了。宋遇后来在病危时，嘴里仍唠唠叨叨，像是在和什么人争辩。苏醒后，悄悄地对他的第三个妻子说："我休掉第一个妻子的时候，我的父母已经收了将她嫁给别人的聘礼，定好了迎娶的日期。第一个妻子还不知道这事，我在她改嫁的头一天骗她与我亲热，她还以为我回心转意了，很高兴地顺从了我。到了五更，我们还在一起睡觉，而迎娶新娘的乐队已经到了，她怀着愤恨被人娶走。但媒人早告诉后夫，说她没和我同过床，我的母亲、哥哥也这样说。等她嫁给后夫，已不是处女了，遭到怀疑和虐待，最后郁郁而终。第二个妻子本来不肯吃药，是我痛打并逼她咽下的，死后又怕她化作厉鬼纠缠我，就请巫人行斩殃之法咒她。现在恍惚之间见她们两个都来了，我的病一定好不了了。"后来果然死了。

还有一个家奴王成，生性古怪。他有时正在和他的妻子嬉笑，忽然喝骂着让她趴在地上挨鞭子，打完了，仍然嬉笑。有时正鞭打她时，忽然又把她拉起来，与她调笑；过一会儿说："该挨鞭子了。"仍然喝骂着用鞭子打她。大约一天之中，他喜怒反复好几次。他的妻子怕他像见到老虎，他高兴时她只能强颜欢笑，他发怒时她只能逆来顺受。

有一天，她向太夫人哭诉她的遭遇。太夫人叫王成来问其原因。王成跪下回答说："我自己也不知道，情不自禁。只是忽然觉得她可爱，忽然觉得她可恨。"先太夫人说："这有悖常理，恐怕是佛教所说的前世冤孽吧。"害怕其妻轻生自杀，给家里惹来麻烦，就将两人都打发走了。后来听说王成病死时，他的妻子高兴得穿起红色衣服。按说，丈夫为妻之纲，是天经地义的。不过丈夫的尊严毕竟比不上君主，丈夫的亲情究竟比不上父亲，所以"妻"这个字又音训为"齐"，其中含有平地位的意义。则与妻子相处，要本着平等的原则，尊重对方。宋遇对第二个妻子，只是误杀，错在对她太粗暴。他的第一个妻子，既然已经被休，又接受了别人的礼聘，则他们夫妻情义已绝，不应当还以夫妻而论，他的行为简直就是诱奸别人的未婚妻。她因此而死，要他偿命也是应该的。王成残酷凶暴，但并不想折磨死妻子，妻子一日住在丈夫的屋子里，他一天也是妻子的主宰。丈夫死了不守制服丧，反而穿表示吉利的红色，是违背纲常伦理。她受虐待也不值得同情。

鬼避节妇

【原文】

胡太虚抚军，能视鬼。云尝以葺屋，巡视诸仆家。诸室皆有鬼出入。惟一室阒然。问之，曰：某所居也。然此仆蠢蠢无寸长，其妇亦常奴耳。后此仆死，其妇竟守节终身。盖烈妇或激于一时，节妇非素有定志，必不能饮冰茹蘗数十年。其胸中正气，蓄积久矣。宜鬼之不敢近也。又闻一视鬼者曰：人家恒有鬼往来，凡闺房媟狎，必诸鬼聚观，指点嬉笑。但人不见不闻耳。鬼或望而引避者，非他年烈妇节妇，即孝妇贤妇也。与胡公所言，若重规叠矩矣。

【译文】

巡抚胡太虚能够看见鬼。他自称曾经为了修房子的事去各个仆人家巡视，所有的屋子里都有鬼出入，只有一间屋子没有鬼。一问，回答是某人所住的。但他知道这个仆人生性耿直，没有任何特长，她妻子也是个很普通的奴婢。后来这个仆人死了，其妻竟能终身守节不嫁。大约烈妇多是激于一时义愤造成的，而终身守节的人要不是平素就有坚定的志向，一定不能够做到。节妇能含辛茹苦几十年如一日，正是由于其胸中正气积蓄已经很久了，鬼之所以不敢接近也是有道理的。又听过一个能看见鬼的人说："一般人家中都有出入，凡在闺房中男女亲昵放荡时，必然有许多鬼在围观，指点嬉笑，只是人看不见也听不见罢了。也有鬼一望见就赶紧离开的人，这些不是以后的烈妇、节妇，就是孝妇、贤妇。"这与胡公所说的，简直一模一样。

狐惩学生

【原文】

宋子刚言,一老儒,训蒙乡塾。塾侧有积柴,狐所居也,乡人莫敢犯。而学徒顽劣,乃时秽污之。一日,老儒往会葬,约明日返。诸儿因累几为台,涂朱墨演剧。老儒突返,各挞之流血,恨恨复去。众以为诸儿大者十一二,小者七八岁耳,皆怪师太严。次日老儒返。云昨实未归,乃知狐报怨也。有欲讼诸土神者,有议除积柴者,有欲往诟詈者。中一人曰:诸儿实无礼,挞不为过,但太毒耳。吾闻胜妖当以德,以力相角,终无胜理。冤冤相报,吾虑祸不止此也。众乃已。此人可谓平心,亦可谓远虑矣。

【译文】

宋子刚说:一位老儒在村塾教学,村塾旁有堆柴草,狐精住在里面。村中人都不敢碰那堆柴草,但学生们顽皮淘气,常常在上面大小便。有一天,老儒去某处吊唁某人,说好第二天返回。孩子趁机将桌子拼摆成戏台,脸上涂上朱和墨演起戏来。老儒突然返回,把孩子们都打了一顿,直打得头破血流,才走开了。孩子大的有十一二岁,小的才七八岁,众人都怪老师过分严厉了。第二天,老儒返回,说昨天根本没有过。众人这才知道是狐精作怪,为了发泄怨气而变成老儒的模样干的。有的人提议要把狐狸告到土地神那,有的提议把那堆柴除掉,有的要去那里痛骂。其中有一个人说:"这些孩子确实无礼,打一顿也不为过,只是下手太狠了。我听说要想制服妖精必须用德行,以力相搏,永远不可能制服。如果冤冤相报的话,恐怕灾祸不只是这些。"众人听了,才没有行动。这人可说是有公平之心,也可说深谋远虑啊。

损人利己

【原文】

　　先师陈文勤公言，有一同乡，不欲著其名，平生亦无大过恶。惟事事欲利归于己，害归于人，是其本志耳。一岁北上公车，与数友投逆旅。雨暴作，屋尽漏。初觉漏时，惟北壁数尺无渍痕。此人忽称感寒，就是榻蒙被取汗。众知其诈病，而无词以移之也。雨弥甚，众坐屋内如露宿，而此人独酣卧。俄北壁颓圮，众未睡，皆急奔出。此人正压其下，额破血流，一足一臂并折伤，竟舁而归。此足为有机心者戒矣。因忆奴子于禄，性至狡。从余往乌鲁木齐。一日早发，阴云四合，度天欲雨，乃尽置其衣装于车箱，以余衣装覆其上。行十余里，天竟放晴，而车陷于淖。水从下入。反尽濡焉。其事亦与此类。信巧者造物之所忌也。

【译文】

　　先师陈文勤公说：他有一位同乡，从不争功名利禄，也没有什么大过错，但一生行事，损人利己。有一年，他进京应试，与几位朋友一起投宿旅店。那天突然风雨暴作，店房到处漏雨，发现漏雨时，只有靠北墙下几尺的地方不漏。这人就声称他感冒了，在不漏雨的床上蒙头呼呼大睡，说是要发汗。众人知道他装病，但也没有跟他计较。过了一会儿，雨越下越大，北墙突然倒塌，其他人在漏雨的地方，无法入睡，听到响动都急忙跑出屋去，未受损伤，只有这人被压在墙下，头破血流，一条腿和一只胳膊被砸成骨折，被人抬回家去。此事足以使那些投机取巧的人引以为戒。从这个故事，使我想起我的一位奴仆于禄。其人生性狡猾。他跟随我去乌鲁木齐赴任。有天，早早就上路了，忽然阴云密布。他估计要下雨，就把他的衣服都放到行李车的下部，将我的衣服覆盖在上面。走出十几里地，阴云散去，

天气放晴,而车陷进泥潭,泥水从车箱下渗入,反将于禄的衣服都浸湿了。这两个故事的内容类似,可知耍弄机巧者,总是遭到鬼神厌弃的。

前生朋友来世夫妻

【原文】

桐城耿守愚言,一士子游嵩山,搜剔古碑,不觉日晚。时方盛夏,因藉草眠松下。半夜露零,寒侵衣襟,噤而醒,偃卧看月,遥见数人从小径来。敷席山岗,酌酒环坐。知其非人,惧不敢起,姑侧听所言。一人曰:二公谪限将满,当入转轮,不久重睹白日矣。受生何所,已得消息否?上坐二人曰:尚不知也。既而皆起,曰:社公来矣。俄一老人扶杖至,对二人拱手曰:顷得冥牒,来告喜音。二公前世良朋,来生嘉耦。指右一人曰:公官人。指左一人曰:公夫人也。右者顾笑,左者默不语。社公曰:公何悒悒,阎罗王宁误注哉。此公性刚直,刚则凌物,直则不委曲体人情。平生多所树立,亦多所损伤,故沉沦几二百年,乃得解脱。然究君子之过,故仍得为达官。公本长者,不肯与人为祸福。然事事养痈不治,亦贻患无穷,故堕鬼趣二百年,谪堕女身。以平生深而不险,柔而不佞,故不失富贵。又以此公多忤,而公始终与相得,故生是因缘。神理分明,公何悒悒哉。众哗笑曰:渠非悒悒,直初作新妇,未免娇羞耳。有酒有肴,请社公相礼,先为合卺可乎?酬酢喧杂,不复可辨。晨鸡俄唱,各匆匆散去。不知为前代何许人也。

【译文】

桐成人耿守愚说:有位士人去嵩山游玩,搜集古碑文,不觉天色已晚。时值盛夏,他便躺在一棵松树下的草地上睡着了。半夜里,露水浸湿衣袂,寒气袭来,他被冻醒了。依旧躺在那里赏月,忽然看见几个人沿着山间小径走来,在附近的山冈上铺开席子，摆放好酒食，围坐下来。士人推测他们必非人类，怕起来会惊动他们，故继续躺在那里偷听。只听其中一人说："二位被贬谪的期限已满，又应进入转轮投生，很快就能重见天日了。不知要托生于何地，可有点消息没有？"坐在上首的两位说："目前还没有消息。"忽然众人都站起身来，说："土地来了。"

一会儿，一位老人拄着拐杖来到，对上首的二位拱手道："刚得到冥司牒文，特来告诉喜讯：你们二位前世是好朋友，来生要做好夫妻。"指着右边的那位说："你是丈夫。"指着左边的说："你是夫人。"右边那位听了，看着左边的只是笑，而左边的那位却闷闷不乐，一言不发。土地神向左边的说："你为什么闷闷不乐呢？难道怨阎王爷判错了？你的这位朋友秉性刚直，往往盛气凌人，不能体恤人情。他平生多所建立功勋，也多有过失，所以沉沦了将近二百年才得解脱。不过，他的过失毕竟属于君子之过，故仍能转生为达官贵人。而你前生是明哲保身的长者，既不为人造福，也不与人为祸。但你不坚持原则，事事姑息养奸，贻患无穷，故被罚堕鬼道二百年，来生贬谪为女身。这是因为你前身深沉而不阴险，优柔而不奸诈所致。故不会失去富贵。而你的这位朋友前生与其他人都不能和好相处，只有你始终与他十分投合，所以生出你们后世的姻缘，神理分明，你还有什么不高兴的呢？"众鬼听了，哄笑说："他不是不高兴，而是头一回做新娘子，不免娇羞难当。这儿有酒有菜，就请土地爷主婚，先给他们举行婚礼吧！"立刻响起劝酒和笑闹的声音，听不清其他的具体内容了。过了一会儿，晨鸡报晓，他们匆匆散去。不知所说的那两位前生是什么人。

聪明人做糊涂事

【原文】

李应弦言，甲与乙邻居世好，幼同嬉戏，长同砚席，相契如兄弟。两家男女时往来，虽隔墙，犹一宅也。或为甲妇造谤，谓私其表弟。甲侦无迹，然疑不释，密以情告乙，祈代侦之。乙故谨密畏事，谢不能。甲私念不侦而谢不能，是知其事而不肯侦也，遂不再问，亦不明言，然由是不答其妇。妇无以自明，竟郁郁死。死而附魂于乙，曰：莫亲于夫妇，夫妇之事，乃密祈汝侦，此其信汝何如也。使汝力白我冤，甲疑必释；或阳许侦而徐告以无据，甲疑亦必释。汝乃虑脱侦得实，不告则负甲，告则汝将任怨也。遂置身事外，恝然自全，致我赍恨于泉壤，是杀人而不操兵也。今日诉汝于冥王，汝其往质。竟颠癎数日死。甲亦曰：所以需朋友，为其缓急相资也。此事可欺我，岂能欺人？人疏者或可欺，岂能欺汝？我以心腹托汝，无则当言无，直词责我勿以浮言间夫妇；有则宜密告我，使善为计，勿以秽声累子孙。乃视若路人，以推诿启疑窦，何贵有此朋友哉！遂亦与绝，死竟不吊焉。乙岂真欲杀人哉？世故太深，则趋避太巧耳。然畏小怨，致大怨；畏一人之怨，致两人之怨。卒杀人而以身偿，其巧安在乎？故曰：非极聪明人，不能作极懵懂事。

【译文】

李应玄说：甲与乙两家祖祖辈辈为邻居，是世交至好。甲、乙自幼一同玩耍，长大一同读书，情投意合如同兄弟。两家虽说有一墙之隔，但家属亦相互交往走动，如同一家人。有人给甲的妻子造谣，说她与表弟私通。甲通过调查，没有找到证据，但仍然疑心，就将此事悄悄地告诉乙，请乙代为调查。乙本来谨慎小心，胆小怕事，马上谢绝。甲心里想：乙没有调查就谢绝，肯定是知道确有此事，故不肯调查。于是就不再追问，也不说明，只是从此以后对他的妻子极为冷淡。其妻无法表白自己，竟因此忧郁而死。

死后，甲妻的魂魄附着于乙身，借其口说："最亲密的莫过于夫妻，夫妻之间的隐情竟私下委托你来调查。这证明对你是何等的信赖啊！假如你能尽力辩白我是冤枉的，他的疑心定能解开；或者表面上答应调查，而并不调查，过一段时间告诉他这并无根据，他的疑心也必然能消解。而你却顾虑重重，认为一旦调查属实，不告诉则对不起甲，告诉则会招来我的怨恨。于是就置身事外，保全自己，使我带着终身遗憾而死，这简直是杀人不用刀啊！现在我已在阎王面前将你告了下来，走，你跟我对质去！"乙竟因此得了颠狂之病，几天内就死了。甲也说："人所以需要朋友，就是在紧要的时候给予帮助。这种事如果真有，可以瞒过我，怎么可能瞒过别人？可以瞒过别人，怎么可能瞒过你？我以你为最值得信任的人,求你帮助。如没有此事就应该告诉我没有,并直接指责我不应以流言蜚语伤害夫妻感情;如有此事就应悄悄告诉我,使我有个适当的处理,不要让这种污秽的事情累及子孙。而你竟如同路人一样毫无情义,一味推诿,使我愈起疑心,交这样的朋友有什么用处呢!"从此甲就与乙断绝了交情,到乙死时都没有去吊唁。乙怎会是真想要杀人呢?只不过是世故太深,一味想明哲保身而已。他想办法逃避小的责怨,却招致大的怨恨;为了躲避一人的怨恨,却招致两人的怨恨。终于害死了一个人,又用自己的生命去抵偿,这都是太过圆滑所致。所以说:要不是太聪明的人,不会做出最糊涂的事。

狐女当妻

【原文】

董曲江言,一儒生颇讲学。平日亦循谨无过失。然崖岸太甚,动以不情之论责人。友人于五月释服,七月欲纳妾。此生抵以书曰:终制止三月而纳妾,知其蓄志久矣。《春秋》诛心,鲁文公虽不丧娶,犹丧娶也。朋友规过之义,不敢不以告,其何以教我。其持论大抵类此。一日,其妇归宁,约某日返,乃先期一日,怪而语之,曰吾误以为月小也。亦不为讶。次日,又一妇至,大骇愕,觅昨妇,已失所在矣。然自是日渐尪瘵,因以成痨。盖狐女假形摄其精,一夕所耗已多也。前纳妾者闻之,亦抵以书曰:夫妇居室,不能谓之不正也。狐魅假形,亦非意料之所及也。然一夕而大损真元,非恣情纵欲不至是。无乃燕昵之私,尚有不节以礼者乎?且妖不胜德,古之训也。周、张、程、朱,不闻曾有遇魅事,而此魅公然犯函丈。无乃先生之德,尚有所不足乎?先生贤者也,责备贤者,《春秋》法也。朋友规过之义,不敢不以告先生,其何以教我?此生得书,但力辩实无此事,里人造言而已。宋清远先生闻之曰:此所谓以子之矛,陷子之盾。

【译文】

　　董曲江说：有一位儒生很讲究道学，平日遵循礼仪，谨慎而无过失。但他过于高傲，常以不近情理的话来责怪别人。他有个朋友，五月脱了孝服，七月想要娶妾。他就给那个朋友写信说："脱去孝服不到三个月，你就要娶妾，可见你是蓄谋已久。《春秋》讲究推求人心，鲁文公虽然守丧未娶，但丧期未满即派人下聘于齐国，与娶没有什么差别。作为朋友，我有义务规劝你改正过失，因此不敢不提醒你。对此，你有何见教？"他为人处世，大至如此。一天，他的妻子回娘家，约好某日返回。可回来时提前了一天，他奇怪地询问原因。妻子说："我误以为本月是小月。"他并未在意。第二天，又有一位妻子回来，他十分惊惧，寻找昨天那位，已经不见了。从那日起，他身体渐渐亏损，终于形成痨病。原来是狐女变作他妻子的模样，摄取了他身体的精华，一夜消耗已剩下不多了。

　　前面说过的那位想要娶妾的朋友听说了这件事，也寄信来说："夫妻同居，不能说不正当；狐魅幻化人形，也非人所能意料到的。但是，你一夜之间大损元气，如果不是恣情纵欲就不至于如此，难道燕昵之情，就不该节之以礼吗？况且'妖不胜德'，这是古训。道学家周、张、程、朱诸人，没听说他们曾遇到狐魅。而这个狐女竟敢公然冒犯先生，难道先生的德行也有不足之处吗？先生是贤者，责备贤者应依据《春秋》之法。朋友之间有规劝改正过失的义务，所以不敢不提醒你。对此，不知先生有何见教？"这位儒生接到信，极力辩解，声明没碰上过什么狐女，说那是乡里人在造谣。宋清远先生听了这事后说："这就是所谓的自相矛盾了。"

鬼 畏 正 气

【原文】

　　及孺爱先生言，（先生于余为疏从表侄，然幼时为余开蒙，故始终待以师礼。）交河有人，田在丛冢旁。去家远，乃筑室就之。夜恒闻鬼语，习见不怪也。一夕，闻冢间呼曰：尔狼狈何至是？一人应曰：适路遇一女，携一童子行。见其面有衰气，死期已近，未之避也。不虞女忽一噬，其气中人，如巨杵舂撞，伤而仆地。苏息良久，乃得归。今胸鬲尚作楚也。此人默记其语。次日，耘者聚集，具述其异。因问昨日谁家女子傍晚行，致中途遇鬼？中一宋姓者曰：我女昨晚同我子自外家归，无遇鬼事也。众以为妄语。数日后，宋女为强暴所执，捍刃抗节死。乃知贞烈之气，虽届衰绝，尚刚劲如是也。鬼魅畏正人，殆以此夫。

【译文】

及孺爱先生说：交河有个农民，他的田挨着一片坟地，离家较远。为了耕种方便，他就在地头上盖了间小屋，住在里面。夜间，他常常听到屋外有鬼说话，时间一长，也就习以为常。一天夜里，他听见坟地里有一个声音道："你怎么这么狼狈？"另一个回答说："刚才我在回来的路上碰到一个女人，带着个小孩。我看她脸上有衰气，以为她快死了，所以没有回避。谁知那女的忽然打了个喷嚏，一股气浪冲到了我身上，我像是被巨杵狠狠撞了一下，好像受了内伤，当即倒在地上，缓了半天才爬起来，现在胸口还疼得厉害。"农人悄悄地记下了鬼的话。第二天，干活累了，农人们凑到一块儿闲聊，彼此讲些奇闻怪事。这个农人问："昨天，谁家有女人晚上出门，在途中碰上鬼了？"其中有一个姓宋的说："我的女儿和儿子昨天夜里从她姥姥家回来，没听说碰上鬼呀。"大家都认为那个农人是在瞎编，根本没当回事。

没几天，宋家之女被暴徒抓去，宁死不屈。由此可知，贞烈之气，即使几近衰竭，仍然刚劲有力。鬼魅惧怕正直人，说的正是此理。

青梅竹马难成双

【原文】

董家庄佃户丁锦，生一子曰二牛。又一女，赘曹宁为婿，相助工作，甚相得也。二牛生一子曰三宝。女亦生一女，因住母家，遂联名曰四宝。其生也，同年同月，差数日耳。姑嫂互相抱携，互相乳哺，襁褓中已结婚姻。三宝四宝又甚相爱。稍长，即跬步不离。小家不知别嫌疑，于二儿嬉戏时，每指曰：此汝夫。此汝妇也。二儿虽不知为何语，然闻之则已稔矣。七八岁外，稍稍解事，然俱随二牛之母同卧起，不相避忌。会康熙辛丑至雍正癸卯，岁屡歉。锦夫妇并殁。曹宁先流转至京师，贫不自存，质四宝于陈郎中家。（不知其名，惟知为江南人。）二牛继至，会郎中求馆僮，亦质三宝于其家，而诫勿言与四宝为夫妇。郎中家法严，每笞四宝，三宝必暗泣。笞三宝，四宝亦然。郎中疑之，转质四宝于郑氏，（或云即貂皮郑也。）而逐三宝。三宝仍投旧媒媪，又引与一家为馆僮。久而微闻四宝所在，乃夤缘入郑氏家。数日后，得见四宝，相持痛哭。时已十三四矣。郑氏怪之，则诡以兄妹相逢对。郑氏以其名行第相连，遂不疑。然内外隔绝，仅出入时相与目成而已。后岁稔，二牛曹宁并赴京赎子女，辗转寻访至郑氏。郑氏始知其本夫妇，意甚悯恻，欲助之合卺，而仍留服役。其馆师严某，讲学家也。不知古今事异，昌言排斥曰：中表为婚礼所禁，亦律所禁。违之且有天诛。主人意虽善，然我辈读书人，当以风化为己任，见悖理乱伦而不沮，是成人之恶。非君子也。以去就力争。郑氏故良懦，二牛曹宁亦乡愚，闻违法罪重，皆憷而止。后四宝鬻为选人妾，不数月病卒。三宝发狂走出，莫知所终。或曰四宝虽被迫胁去，然毁容哭泣，实未与选人共房帏。惜不知其详耳。果其如是，则是二人者，天上人间，会当相见，定非一瞑不视者矣。惟严某作此恶业，不知何心，亦不知其究竟。然神理昭昭，当无善报。或又曰是非泥古，亦非好名，殆觊觎四宝，欲以自侍耳。若然，则地狱之设，正为斯人矣。

【译文】

董家庄的佃户丁锦，生了一个儿子名叫二牛。还有一个女儿，招了曹宁作上门女婿；小两口互敬互爱，生活很美满。二牛生了个儿子，名叫三宝。她妹妹也生了个女儿，因为住在娘家，所以与三宝联名，取名四宝。两个孩子同年同月生，只差几天而已。姑嫂二人轮流抚养孩子，襁褓中就给他们定了婚姻下来。三宝、四宝自小要好，稍大一些，更是形影不离。小户人家不懂避嫌，两个孩子嬉笑玩耍时，大人常指着他们说："这是你男人"，"这是你媳妇"。

两个孩子虽不明白这话的意思，可听来听去也记熟了。七八岁后，他们稍稍懂事了，但还都跟着二牛的母亲同吃同睡，仍不避讳。

　　康熙辛丑到雍正癸卯年间，庄稼屡屡歉收，丁锦夫妇在贫困中相继去世。不久，曹宁携家带口流落到京城，穷困潦倒，无以为生，不得已，将四宝押给了陈郎中。随后，二牛也带着家眷到了京城。正巧，陈郎中家里需要馆童，于是，二牛也把三宝典到陈家，但嘱咐他，千万不要说与四宝是夫妻。陈郎中家法很严，经常毒打下人。四宝每次挨打，三宝都偷着流眼泪；三宝挨打，四宝也一样伤心。渐渐地，陈郎中起了疑心，于是把四宝转卖给郑家，把三宝赶走了。三宝找到介绍他进陈家的那位媒婆，媒婆又介绍他到另一家做馆童。不久，三宝打听到四宝的下落，想方设法打通关系，也进了郑家。几天后，他见到了四宝，二人抱头痛哭。这时候，他们已有十三四岁了。郑家也怀疑他们的关系，他们就假称兄妹相逢。郑家见他们名字相连，也就深信不疑了。因为这里内宅与外宅隔绝，所以二人很少见面，只是在出入时才能相遇。相遇时也只能眉目传情，相互安慰。后来，年成好一些了，二牛和曹宁一同到京城，打算赎回子女，几经辗转，找到郑家。此时，郑家才知道三宝和四宝原本是夫妇，很同情他们，想帮助他们正式成婚，并答应他们婚后仍留在郑家做佣人。郑家有位馆师严某，是个道学家，他不懂古今世事的差异与变通，道貌岸然地指斥说："姑表成亲，不合礼法，也是法律所不允许的，违背了礼律，会遭天诛地灭。主人虽是好意，但我们都是读书人，应以淳化世风为己任，如果见到违背伦理的行为却不加制止，等于助人作恶，还能称为君子吗？"他还以辞职威胁主人，竭力阻止这件事。郑家主人一向善良、懦弱。二牛、曹宁又是乡下愚钝之人，听说会违犯法律，罪责严重，吓得不敢再让三宝、四宝成婚。后来，四宝被卖给一个候补官作了小老婆，几个月后病死了。三宝听到这个消息，发疯出走，下落不明。有人说："四宝虽然被迫跟了那个候补官吏，但自己毁了容貌，每天大哭不止，实际并没与那人同房。可惜三宝并不知道四宝的详情啊。"

　　如果事情果真如此，那么三宝、四宝二人，不论在哪都会重逢，决不会一死了之。只是严某做了这样的孽，不知居心何在，也不知他的下场如何。不过，天理昭昭，他不会得到善报。又有人说："严某所为，并非拘泥于古训，也不是沽名钓誉，大概是对四宝有非分之想，想把她占为己有。"如果是这样的话，那么这种人就该下地狱。